빈 둥지,
그리고
막바지 여행길

김체리 산문집

빈 둥지, 그리고
막바지 여행길

펴 낸 날 2021년 6월 28일

지 은 이 김체리
펴 낸 이 이기성
편집팀장 이윤숙
기획편집 윤가영, 이지희, 서해주
표지디자인 이윤숙
책임마케팅 강보현, 김성욱
펴 낸 곳 도서출판 생각나눔
출판등록 제 2018-000288호
주   소 서울 마포구 잔다리로7안길 22, 태성빌딩 3층
전   화 02-325-5100
팩   스 02-325-5101
홈페이지 www.생각나눔.kr
이 메 일 bookmain@think-book.com

• 책값은 표지 뒷면에 표기되어 있습니다.
ISBN 979-11-7048-258-1(03810)

새롭다는 말

죽음을 맞이할 때 당황하지 않기.
삶, 그 최고의 스승은 죽음이라고 들었다.
이제는 조금씩 친해지고 있다.
그러다 보니 또 욕심 하나가 생긴다.
그즈음에 좀 더 평화롭고자
나 자신에게 되풀이해 주고 싶은 거다.
아직 정신이 멀쩡할 때
그 가벼움에 대해서 풀어놓고자 한다.
이렇게 하면 그 시절에 되새길 수 있을까
기대를 하면서 말이다.
자꾸 새로워진다.
구석구석 먼지처럼 놓이는 두려움들이
새롭게 빛을 받는다.
그것들을 펼쳐본다.

주변과 자신을 조금 가다듬으면
다시 새로워진다.

오래 끌던, 내게만 별일이었던 그 문제가 사라지고
맑게 갠 하늘처럼
다시 새로워진다.
삶의 숙제 같았던 가족 만들기와 그 돌봄이 끝나갈 무렵
가을이 오고 다시 새로워진다.

이제는 나를 궁금해하고 있다.
층층이 해야 하는 숙제들을 마무리하고
이제는 나에게 호기심이 생긴다.
이 새로워지고 있는 시절에 나를 불러 본다.
얼마나 한적하고 좋은지.
얼마나 고요하고 평화로운지.
숙제는 없고 오로지 궁금한 소리만 멀리서 들린다.
새로움의 시작이 가슴을 두근거리게 한다.
지금부터는 살아있음이 덤이다.
비어서 넉넉한 빈 둥지에 미소를 던진다.

차례

Part 1 _ 지금 여기

Part 2 _ 막바지 여행

Part 1
지금 여기

여정

말을 배운다. 스스로가 삶의 여울에 푹 절여지는 속에서
말을 배운다.
시작점과 종결점에서의 차이를 바라보며 더 절여진다.
약간의 틈만 있어도 헤집고 자리 잡는 자아를 알고서
한 발짝 늦게 부끄러움을 배운다.
무슨 내용이든 내 것이 앞서게 재촉하는 그것은
진정한 해방꾼의 역할을 해낸다.
그래서 자꾸 불러 본다.
길을 잘 찾아야 이번 여정에서도 덜 수고롭지.
내게 자꾸 말한다.
녹슬지 않도록.

내 것이 중요한 사회에서 질서는 필요하고 규율이 따른다.
욕망은 다소곳하게 고개를 내밀어 울타리를 친다.
거대한 종교의 텐트 속으로 쑥 들어간다.

자비라고 하는 말 속으로 모습을 감추고,

사랑이라고 하는 말 속에 모습을 감춘다.

또 다른 구분 지음이 시작된다.

이쪽과 다른 쪽으로 갈라진다.

들여다보면 어느덧 복을 비는 자신을 발견한다.

그 비는 복은 내가 먼저, 내가 많이 차지해야 좋겠다.

이미 그런 마음이 옆 동료들의 낌새를 살피는 중이다.

긴 시간 이렇게 자꾸만 비껴가고 있다.

그러다 보니 자연스러워 보이나 보다.

무대에는 이미 주인공인 자아와 그 먹잇감인 욕망과

두려움이 진을 치고 있다.

세월과 함께 자꾸만 커져 간다.

지금 여기가 본래 있던 낙원이라면

무엇을 찾아 헤매이고 있었나.

어느 날 이웃 하나가 주워든 돌멩이가 값나가는 보물이래.

그 이웃을 시시때때로 궁금해하다가 나도 갖고 싶어졌어.

행운이 기다려지고

노력도 따라 하고

그느느라고 지치기도 했어.

본래의 내 삶보다 이웃의 방식이 습관 되어 나의 일부가 됐어.

그런데 오래도록 살아온 일상이 낯설게 느껴지네.

이게 아닌가 봐.

이제 쉬고 싶어졌어.

　"어디가 낙원인가요?"

　"낙원? 여기가 낙원이지. 푹 쉬어."

　"아니, 이런 곳 말고.

　걱정 근심 없고, 날마다 평화롭고 사랑 가득한 그런 곳."

　"아 글쎄, 여기가 거기라고.

　걱정 물리고 근심 떠나보내고 욕망 내려놔 봐. 남는 거 뭐 있나."

　"아무것도 없네."

　"그래, 그 가벼움으로 살아봐.

　마음이 천국도 만들고 지옥도 만들어."

그래서 천국의 비유가 그런 거였구나.

자꾸 도망 좀 가지 말라고.

힘들면 무거우면 내려놔.

두려우면 차라리 벽을 허물어.

　"낙원 찾아봐야 소용없어.

　이미 우리는 낙원에 살고 있으니까."

　"그런가요?"

두려움

누구나 성장하면 기나긴 인생 여행을 떠나게 된다.
가다가 쉬었다가 또 걸음을 재촉하곤 하지.
주저앉기도 하고 새로운 힘이 생기기도 하고,
그렇게 본향으로 돌아올 때까지 여러 사연을 만나며
지친 모습으로 지나온다.
처음 떠날 때 그 혼자의 길목에서 느꼈던 두려움은
무심코 나를 토닥이는 '괜찮아.'라는 메아리로 위안 삼고
계속 길을 간다.
자꾸만 가다 보니 그 '괜찮아.'라고 달래주던 메아리는
이미 내 의지처가 됐다.
때때로 두려움이 폭풍처럼 몰려오기도 한다.
내 의지처에 기대고 기다려 본다.
사방이 안전하고 여유로운데, 내가 힘이 든다.
회색빛 우울이 저만치 보인다.

세상 어떤 것의 처음은 다 비슷하지 않을까.

최초의 사람도 자립으로 살아가야 하는 상황을 맞이했을 때
두려웠겠지.

내가 성장하여 부모의 울타리를 벗어나야 할 그때도
최초의 사람이 가졌던 두려움과 다를 게 없지.

몸과 마음은 온전히 홀로 기나긴 여행을 해야 할 길을 떠난다.

그 긴 여정에서 만들어진 정체성이 단단해진다.

최초의 사회성이 이루어 놓은 것.

내 뿌리가 내려진 땅의 양분들이 만들어낸 독특한 냄새.

태어나면서 가지고 온 내 본성.

이런 모든 것들로부터 만들어진 나의 부분들.

그것을 살펴보려고 해.

모르지, 두려움이 해체될지.

문학이라고 하는 이야기 속에 있는 주인공처럼
슬플 땐 그에 걸맞은 분위기를 연상하고,
기쁠 땐 오래도록 감정이 남아 있길 그 기쁨이 끝나고서야
가슴 아리게 바랐던 것임을 확인한다.

또한, 사회 속의 분위기에 들떠 있을 때도 혼자 남은 내 자리를
떠올리곤 하면서 무도회를 즐긴다.

자꾸 괜찮다고 하면서.

잠깐 멈춰 서서 뒤돌아보니 너무 멀어져 있다.

가면을 벗으려니 나를 찾을 수가 없다.

두려움이 엄습해 온다.

해결해야 할 일들이 많은 것 같은데 막연하다.

괜찮은 게 아니었나 봐.

때로는 이렇게 이유 없이 작아지고 있다.

오래도록 잘 다듬어지고 익숙한 사회 속의 일원이

들꽃으로 돌아가기 위한 여정에 놓여 있다.

색깔은 다르지만, 이 또한 두려움이 동반된다.

어느 날은 알 수 없는 공허함이 엄습한다.

외로움의 바람이 느닷없이 찾아오기도 한다.

그럼에도 불구하고 한발씩 옮긴다.

콧노래가 나오기도 한다.

중심이 단단히 잡히는 연습이 마라톤처럼 이어진다.

그 준비만으로도 기분이 좋고 마음은 가볍다.

때로는 멈칫하기도 하지만 그래도 이 길이 좋다.

왜 돌아가야 하느냐고?

그래야 편안한 시절에 내가 도착했으니까.

한밤중에 홀로 남겨진 내 모습이 고통 같은 외로움으로

스칠 때 부디 웅크린 그 에고를 찾아내길.

그가 관심을 끌기 위해 애쓰는 중이라고.

내일도, 또 그다음도 이제는 기대가 된다.

장미와 들꽃

정원의 장미만 고집하면 유지비가 만만치 않아.
그 장미의 주변에는 어울리게 놓여 있어야 하는
여러 가지가 또 필요하기 때문이지.
들꽃으로 있으면 특별한 에너지도 필요 없고
매 순간의 이야기에만 집중이 되지.

마음은 온통 내가 스친 것들에만 생명이 있는 것처럼
입력이 되게 해놨다.
특별한 무리 속의 일원이 되어야 내가 보이고
살아온 처지가 비슷해서 공감이 쉬울 듯 그렇게 보여.
그러다가 무심코 다른 무리들을 만나지.
처음엔 신기하다가, 갈등이 생기다가를 반복한다.
오래도록 그 속에서 살면
문제가 오로지 그 속에서만 일어나는듯하다.
왜냐하면, 이웃이 모두 정원의 꽃이거든.
길을 떠나 보자.

들꽃을 만났다.
그것이 눈에 들어온 그 순간이 기회라는 느낌이 든다.
한없이 가벼운 모습으로 내 눈에 들어 온다.
그저 옆에 있는 아무나 친구가 된다.
숱한 재잘거림이 들리다가
바람 살랑 음악에 맞춰 노랫소리가 들리다가 한다.
천방지축이면서 질서 정연한 고함 소리도 들린다.

반면에 선택된 장미는 정원의 좋은 자리를 차지하고 있다.
때가 되면 물을 주는 주인이 있고 단짝이랑 보기 좋게
어우러지도록 가지도 쳐주고 무한 돌봄을 받는다.

어느 시기에는 장미가 좋아 보였지.
잘 다듬어진 정원이 보기 좋고 아름다운 건 사실이야.
이제 여행을 떠나 길을 걷다가 아무도 건드리지 않은
잡초랑 들꽃 무성한 길을 만났어.
가벼운 마음에 그 모습이 내게 들어 온다.

이내 마음의 이동을 느낀다.
내 정체성이 뿌옇게 날아가 버린다.
들꽃이 내게 전해준 의미는 그런 거였나 봐.
잠시 정체성 같은 거 잊으라고.
바람 부는 대로 흔들리는 들꽃으로 넉넉하게 있어 봐.

귀향

너무 멀리 왔나 봐.
본래 있던 내 평안이 내가 어색하다.
집을 떠나 방황하다 잠시 쉬러 온 것처럼 머뭇거린다.
이때 떠오르는 글이 있다.
신체 중 어느 것 하나가 실족게 하거든 버리라.
그것 없이 천국에 들어가는 것이 낫다.
보고 듣고 맛보는 것 외에도 그 어떤 부분을 만족시키기 위해
수고를 할 때 그것으로 죄를 짓게 되거든,
집착을 풀어 놓으라는 뜻인가?

순간 모든 죽어가는 보이는 것들이 어우러진다.
보이는 것들을 위해서 목숨 걸고 치열하게 살고 있는 우리들을
안쓰러워 잠시라도 평안을 찾으라고 했나 봐.
그곳은 본래 낙원이라고.
너무 많이 들어서 세계명작 속 이야기처럼 지나친

오래된 내용이다.

그러나 내 평안이 슬쩍 딴 길로 막혀 버리니 그 딴 길을
궁금해하다가 자신에게 말을 걸기 시작한 거다.
늘 이렇게 별생각 없이 딴 길로 흘러갔으나
오늘 발견을 한 거야.
그 평안을 자주 느끼게 되면서
처음의 낙원이 이랬을까를 물어보는 거지.
왜냐하면, 알고 싶어졌거든.
연어의 귀향을 봤을 때 참 엄숙하더라고.
그 귀향을 받아들이고 싶은 거야.
소중하고 소중하게.

마음의 소리

시대에 따라 중요했던 내용이 다르다.
먹거리가 가장 중요했던 때
그 외의 이야기는 목소리가 작아지고,
배워야 하는 일이 사회에서 중요했을 땐
글자를 배우고 더 깊이 배우는 일이
그 사회에서 더욱 중요한 이야기가 됐다.
이제는 조심스레 호기심을 드러내 보기도 한다.
혹시 정신의 안녕이 무엇보다 중요한 시점에
우리가 와 있는 것 아닌가?

배고픔도 견뎌내기 힘이 든다.
마음의 갈증도 견뎌내기 힘이 든다.
물론 항상 즐겁고 흥겨운 생활이 지속되어
바쁜 나날에 마음의 소리 같은 거 모르겠다면
그 또한 얼마나 행복할까?

그래도 삶에 궁금증이 드는 사람들이 있어서
서점을 서성거리기도 하고
비슷한 생각으로 세상을 바라보는 사람들을
몹시 반가워하기도 한다.

늘 필요로 했던 건 보이는 물건이나 살아 움직이는 것들.
내 공간에 옮겨 놓아야 좋았던 것들.
내가 알고 있는 그 장미여야 특별했던 이야기.
그랬던 사연들이 궁금해진 거야.
다만 궁금한 거지.
바로 어떤 행동이 나오기는 기대하지 않아.
살아온 습관이 뿌리가 깊어.
욕망도 있고, 두려움도 있으니까.

그래도 자꾸 알고 싶은 건
죽기 전에라도 욕망과 두려움으로부터
자유로워지지 않을까 해서야.
그런 기대가 있기 때문이야.
중요한 건 이 길이 재미가 있어.
마음의 소리와 자연의 소리를 들어 보는 것.
'화내지 말고 참아.' 하는 거 보다
화내고 있을 때 마음을 보는 연습.

억울하기도 하지.
그래도 해보는 거야.
보이지 않았던 그 주변이 조금 보이거든.

에고가 궁금해서 자꾸 본다.
처음에는 행동에 객관화를 해본다.
조금 길게 마음이 쓰이면 이유를 말해 준다.
누구에게 하느냐고? 그건 내 마음에게야.
녀석이 이해를 해야 순순히 물러난다.
그 이유를 내 안에서 찾으면 더 쉽다.
힘든 사연이 늘 밖에서 왔다고 결정 내리면
마음이 자극적인 이야기로 자꾸만 채운다.
더 자극적이 돼야 의식을 집중시키는 데 성공한다고
이미 그가 알고 있기 때문이다.
차곡차곡 채워져서 어느 날 폭발하기도 한다.

마음을 비워 두려니 그를 연구하는 거다.
마음과 소통이 되면
그 소통은 정직해진다.
간결하다.
미사여구로 표현하지 않아도 된다.
보는 이도 없고 듣는 이도 없어 아주 좋다.

오로지 하나의 사건만 객관적으로 정리한다.
그 사건은 그저 흘러가고 끈적거림이 없다.
한 발짝 떨어져서 이야기하면 효과가 있다.
시간이 흐르면 이 만남이 기다려진다.
다른 누가 연구 대상이 아니고
나 자신이 바로 연구 대상이다.

자유

너무 거창하게 자유를 말할 때가 있다.
자신이 스스로를 옭아매고 있어도
남이 나를 옴짝달싹 못 하게 해서 이렇게 됐다는 쪽으로
옮겨간다.
그편이 자신을 해방시키고 있다고 느끼면서
자유를 박탈당했다고 속삭인다.
잘못된 결과의 책임에서 벗어나 가벼운 듯 착각에 빠진다.
목소리 높여 계속 외치다 보니 그게 맞는 것 같다.

그러나
자유는 본인이 선택할 때와 그 결과를 지켜봤다.
자유는 본인의 가슴속 깊은 곳에 정직으로 남아 있다.
당장은 마음이 만들어낸 소설이 나를 솔깃하게 만들고
빠져들게 만든다.
비슷하게 자유라는 우산을 쓰고 있었는데

비슷하게 선택한 제목이었는데
내 것이 열악해 보일 때 자유 뒤에 숨는다.

좋은 느낌일 때도 자유가 있고
힘든 현실에서도 자유가 있다.
자유도 사랑처럼 여기 붙었다 저기 붙었다 한다.
객관적으로 보일 때도 있고
주관적으로 보일 때도 있다.
둘 다 똑같이 해석해서 외칠 때도 있다.
자유를 달라고
지금까지 자유롭지 못했다고.

자유는 해방이기도 하고,
자유는 좋지 않은 습관으로 남게 되기도 한다.
때로는 화살이 되어 남의 가슴을 겨누기도 한다.
때로는 방패막이가 되어 숨어 버린다.
시대가 변하니 좋은 말에도 해석이 자꾸 생겨난다.
이 담에는 더 길게 그 타당성과 이용에 관해 연구하고 밝히고
그렇게 하겠지.

세월이 지나면 자유 그리고 권리 이런 말들이
지구촌을 넓게 물들일지도 몰라.

좋기도 하고, 때로는 문제가 되기도 하겠지.

발전을 할 때마다 부작용은 늘 있으니까.

마음이 따뜻할 때 사랑이라는 말과 자유라는 말이 곱다.

해 방

몇 년 전부터 알고 싶은 이야기들이 늘어나면서 내 성향이
보다 짙어지고 습관화된 일상이 뒤로 물러나야 할 시점에
짧지 않은 시간 마음의 충돌을 참아 내야 했잖아.
사회라는 조직에 무리 지어 살면서는 드러나지 않았던
본래의 성향이 아프게 고개를 내밀 때 용기 내어 그 손을
잡았어.
마음에는 여러 개의 응어리가 흐르지 않고 고여 있는
물처럼 자리 잡고 기다리고 있었다.
다행인 건 그것들을 마주하고 악수할 수 있었던 거야.

그다음부터는 이웃들의 이야기 대신 고독이 그 자리를
차지해야 되었고, 그러는 과정에 손에 들려진 책이
나를 도와주곤 했지. 진정 내 친구들이었어.
시간이 흐르고 마음이 점차 편안해져 가고 있을 때도
갖고 싶은 책을 만나면 소중한 친구 만난 듯 참 기쁘다.

사람들과의 모임이 여럿일수록 외롭다는 말도 이제는
이해하게 됐고, 모임이 줄어들고 여러 관계에서
조금 벗어날수록 마음이 자유로운 기분을 가질 수 있었다.
그때 난 홀가분한 기분이었고 참 가벼웠어.
이런 것이 내게는 자유라고 하는 제목 중의 하나였나 봐.
뭔가에서 풀려나는 느낌이었으니까.
아마 마음이 스스로를 구속하고 있었던 거야.
내 본래 성향인 거지.

긴 세월 내게 묻은 습성이 떨어져 나갈 때 쉽지는 않았어.
분명 아픔이었고, 늦게 발견한 내 성향 그 또한 반가운
아픔이었다.
그것은 오랜 세월 잠재됐었고, 가려져 보이지 않았던
내 본향 같은 따뜻함이 훗날 느껴졌다.
내 마음이 여유롭고 자유로워야 외로움이든, 고독이든
흘러가는 것들도 자유로이 제 길을 가더라고.

본 성

어쩌면 인간 본성을 감추려 스스로 감옥을 만들지는 않았는지.
인간 본성을 알기나 할까?
짐승의 본성을 거리 두려 하듯,
인간 본성을 거리 두기 하는지도 모르지.
자꾸자꾸 커지는 또 하나의 욕망.
착하고 진실하고 선한 쪽을 말하고 싶거든.
그래서 본성 말고 듣기 좋은 아름다운 말들이 필요해.
전염처럼 번진 아름답고 또 고운 말 쓰기.
당연히 좋지 왜 거북하겠냐고.

그런데 본성과 꾸미기 한 말들 사이가 너무 벌어져.
본성이 조금 보이기만 해도 이웃은 멀리 도망가.
아름다운 말들에 익숙해지고
본성이 드러나는 말들은 듣기 싫어져.
세련되지 않았거든.

먼 훗날 사람들은 로봇과 비슷해질 수도 있지 않을까.
본성의 말은 점차 사라지고
듣기 좋고 아름다운 말로 나를 나타내려니
모두 비슷한 모습이 상상이 되네.
로봇은 마음이 없고, 사람은 마음이 있어
그것이 다치니까 문제가 되는 거지.

성장기에 본성이 폭발할 때가 있잖아.
나의 빈 둥지 시기도 비슷해.
사춘기도 있듯이 갱년기도 있어.
이때가 가장 본성의 말이 괜찮더라고.
인간의 본성을 궁금해하고
나의 본성을 들여다보고 그러고 있어.

사춘기에 모범을 좋아하는 부모에 반항하는 그런 때가 있지.
지나친 예의에 신물이 나고
공부에 대한 바른 생활도 좀이 쑤시고
그래서 한 번쯤 폭발하는 자녀들을 놀란 눈으로 보잖아.
갱년기에 스스로 모범적이고
또 보여지는 모습의 열정에서
껍데기를 벗어 버리고 싶은 충동을 스스로가 느낄 때
이 또한 좋은 기회가 아닐까 해.
무거우면 그 한계가 오잖아.

습관이 바뀌려면 사건이 필요하다.

습관은 좋든, 좋지 않든 익숙함이어서 바꾸기가 쉽지 않아.

생각이 늘어나는 것도

좋지 않은 생각도 습관이 된다.

이럴 때 내 생각을 궁금해 따라가 본다.

내 마음에 초대된 손님이 궁금하다.

별 소용이 없는 이야기의 퍼즐을 맞추려 연구하고 있었구나.

무심코 왔지만 거부하지 않는다.

욕 한번 시원하게 하면서 그 해체의 시작을 짐작한다.

긴 세월 지나면서 본성은 점점 숨겨지고

그 시대에 그 사회에 흐르는 분위기에 의해 습관이

만들어진다.

언어의 표현도 바뀌고, 행동도 바뀐다.

그렇게 만들어진 습관이 내가 된다.

사는 데 별문제가 없으면 상관없을 듯 흘러간다.

즐겨 먹는 동물과 먹지 않는 동물을 구분해서 대우하는

그 차이만큼이나 자연스럽게.

마음의 인식 정도 또한 정교하게 본성으로부터 멀리 있다.

그 시작을 또 궁금해한다.

이런 사람, 저런 사람이 있는 그 까닭이다.

그대로 두라

모여 살기 시작하면서 인간은 질서와 규율이 필요하겠지.
점차 그 무리가 커질수록 강력한 통제가 있어야 하고,
각자 다른 성향이더라도 다수에 의해 참아 내야 좋은
그런 때가 늘 있어 왔다.
함께 살아야 하는 사회에서 누구는 잘 적응하고
누구는 힘이 든다.

힘이 들 때 되돌아보니
인간 세상의 삶의 구조가 좋든, 좋지 않든
탄탄하게 만들어져 있고 계속 이어지고 있던 거다.
그래도 살짝살짝 숨통이 좀 트이게
남에게 피해가 없는 상황이라면
그 본성이든 성향이든, 탈선이든 이해를 요구해 본다.
결과적으로 누구에게도 피해가 없는데 상대방을
윽박지르거나 눈치를 주게 될 때
본인의 강박증을 보면 해결이 쉬울 때가 있다.

보는 내가 조금 느슨할 때
상대방의 말이나 행동에 대해
내가 느끼는 놀라움의 간격이 줄어들 때가 있다.
왜냐하면, 마음은 놀라움의 간격이 커질수록 감당이 힘들어.
다른 누구의 모습이 나를 놀라게 하는 것이 아니고
결국에는 내 모습이 나를 놀라게 하고 나를 넘어뜨려.

듣기 좋고 모범적인 말들로 이웃들을 만들어 놓았을 때도
나를 내가 뱉어 놓은 말들에 맞춰야 하거든.
그것이 나를 자유롭지 못하게 방해를 하더라고.
그 유지를 하느라고 힘이 드는 거야.
본인만 힘든 게 아니고
가족도 힘들어.
자랑스러운 내 가족이 돼야 하니까.

사실 우리의 생활이 어느 부분은 아이러니가 보여.
자연스럽다는 건 자연의 무시무시한 순간도 있다는 사실을
넉넉하게 알아서 삶을 이해하는 게 아닐까 해.
좌우로 저울의 추가 움직이고
때로는 요동치고
그럼에도 불구하고 중심을 잡는 힘을 기르는 경험.
그 경험 하나하나가 나를 지탱 해주는 중심이 되겠지.

내려놓는다는 것

아직 정신이 좋을 때 내 습관을 단순하게 하련다.
조금 먼 이웃들은 그저 아름다운 풍경으로 두련다.
삶의 모양이 조금 떨어져서 보면 보기가 더 좋다.
이런 일, 저런 일 경험하면서 그들도 세상을 읽어 간다.
집착과 간섭이 누구에게 이로운가 살펴보게 되리라.
놓아주는 건 끊어 내는 거에 가깝다.
조금만 놓아주고 조금만 내려놓는 건
언제든지 다시 갖고 말겠다는 속성이 숨어 있지.

늘 그렇게 하고 있는 내 마음을 들여다보는 연습.
자꾸 들여다보니 수줍어한다.
차라리 친구 하기로 했어.
마음에게 말할 때는 정직 하더라고.
때로는 매몰차게
때로는 유연하게

경험을 이야기하고
세상을 이야기해.
아주 조금씩 걸어가기로 한다.
욕망, 그것으로부터의 자유
두려움, 그것으로부터의 자유

자연으로의 길

한참을 내 정신인 듯 남의 정신인 듯 가다가
문득 나를 보게 되는 우연이 있다.
사회가 또는 세상이 나를 이끌고 왔나?
내가 무겁게 무겁게 한 발씩 옮기고 있었나?
무얼 얻고자 힘든 줄도 모르고 이동을 하고 있었나?
다시 보게 되는 땅과 하늘
딛고 있는 잡초도
우연히 마주친 새의 눈빛도
세상을 누리고 있건만.

잠시 쉴 때 저들과 함께이고 싶어서 내뱉는 말.
   '자연으로 돌아갈래.'
그런 줄 알았다.
너무 멀리 와서 내가 돌아 가야 하는 낙원인 줄 알았다.
   '이미 네가 자연이란다.'

나 빼고 너희들만 자연인 줄 알았네.
자연에 내가 포함된 걸 몰랐네.
아니 내가 자연인 걸 몰랐네.

어쩌면 그래서 내가 특별한 존재라 여기고 있었나?
우주의 운영자가 있다면
이미 노련한 경험으로 운영하겠지.
지구에 속한 모든 것들은
티끌 하나 업수이 여김 없이 공평하게 관리되고 있겠지.
다른 생물보다 우위에 있다고
큰소리칠 때마다 점수만 까먹는다고
공평한 운영자가 속삭이는 듯하다.

자연에는 아름다움만 있는 게 아니잖아.
먹고 먹히고가 있고
어우러져서 보기에 좋은 모양을 발산하기도 한다.
잘 살다가 자연재해에 비뚤어진 모양을 하기도 하고,
넘어지고 깨지고 또다시 일어나서 걸어야 하기도 한다.
우주의 경영자가 일러 준다.
　　'누가 자연은 이렇다, 저렇다 말했니?'
그러네, 이럴 때도 있고 저럴 때도 있네.

개미들의 무리 속을 본다.

저들도 군중의 함성이 있는 듯하다.

너무나 바쁘게 움직이는 모양이 그냥 내 모습이다.

높은 곳에서 보면 우리네 움직임이 저러하겠지.

그리고 내가 특별하다고 하겠지.

개미도 나도 자연이네.

웃음이 난다.

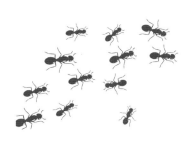

싹이 돋아나다

영화『기생충』세계의 이목이 집중되다.

소설이나 영화는 그 이야기 속에서 자유롭게 길을 찾아보는
재미가 있다.

각자의 마음속 사정에 따라 그 무게가 이동하고.

그래서 재미라는 것도 판가름이 자유롭다.

이 영화에서는 부자와 빈자의 생활에서 묘하게 드러나는
습관을 보았다.

빈자는 우연에 빗댄 부의 쟁취를 습득하게 되고.

죄의식보다는 또 한 번의 기회를 엿보면서.

점차 습성화되어 가는 과정이 과하게 드러났다.

어쩌면 지나칠 수 있는 습관에 대해 말해 주고 싶었을까?

왜냐하면, 이미 사회가 그것을 발견하기 어렵게
깊숙이 습관화되었기 때문일 수도 있지.

부자의 생활에서 그것은 한층 자연스럽게 보인다.

심하게 드러내지 않고도 친절함에 가려진
습관에 묻은 비수가 부자의 미소에 숨겨져 있다.
그렇기에 자연스러운듯 오해가 불러온 기사의 해고 내용
또는 이 멋진 집의 역사와 함께했던
능숙한 가정부의 해고에도
부자의 생활 습관은 차갑도록 잔잔하고
오로지 흔들려야 하는 쪽은
영문모르는 오해로 해고된 당사자들뿐이다.
너무나 냉정해서 그 오해가 사기인지도 모르겠다는
의심이라도 한줄기 있다면 무색했을 정도로.

어쩌면 보통으로 보일 수도 있겠지.
한집에 살아도, 매일 같은 차 안에 있어도
구분 지어져야 하는
산뜻한 내 생활.
어쩌면 이야기 속을 헤매고 있는 개인들도
아니 우리 사회도 비슷해서 '부자가 그만하면 착하네.'
이런 선택을 하기도 하겠다.
냄새가 난다고 말할 때도 역시 잔잔하다.
이만큼의 부자인데 고것쯤의 표현은
용서가 되어야 하나 보다.
이 또한 지나치기 쉽다.

그닥 심하게 하지는 않았으니까.
요즘 떠오르는 단어 '갑질'에 비추어도 대체로 조용하고
사납지 않아 보인다.

그러나 빈자는 부를 쟁취하고 있고,
부자를 닮아가려 발버둥 치는 중이다.
이제는 본인보다 더 힘든 지하의 비슷한 부류를 짓밟고
치솟으려 안간힘을 쓴다.
점차 고농도의 습관이 몸에 배고 있는데,
부자는 자신을 구분 짓고 선을 지킨다.

완벽하게 자신이 된 습관은 부자의 인성이 됐다.
이 사회는 비슷한 습관으로 그를 지나쳐
마지막 장면을 의아해 할 수도 있다.
어쩌면 부자가 되어가는 과정에 일어날 수 있는 일들이
빈자에게서 마주하고
그리 반갑지 않을 수도 있겠구나 생각이 든다.
이미 '갑질'이라는 단어가 우리 사회에 강하게 등장했기에
이 정도 잔잔한 생활이 뭐가 어떠냐고 할 수도 있다.
그리고 내가 피곤해지기 전에
선을 넘어오지 말라고 해야 좋다고
공감하고 이해한다.

지금 자신이 부자의 입장이라면 더욱더 말이다.

한집에 살아도 철저하게 구분되어야 좋단다.
그러나 만약 부자가 기사나 가정부에게 정으로 통하는
조그마한 조각만큼의 사랑이라도 있었다면
그들의 삶이 또 다른 그림으로 보일 수도 있었겠지.
적어도 그들을 해고할 때 다시 한 번 알아보려 했을 거야.
영화가 현실이라면 말이다.

내 행동이 범죄가 되지 않으면 조용히 싹튼다.
범죄가 되더라도 들키지 않으면 그 또한 싹튼다.
범죄가 되는 것보다 사회에서 용납되는 비도덕이 싹터서
습관이 되는 것이 무섭다.
그것은 잘 감추어진 날카로운 도구를 지니고 다니는 것처럼
예리할 수 있다.
상대방이 언제나 지나쳐주는 무던한 사람이 아닐 때는
습관이 비수가 되기도 한다.
영화에서 선을 지키고자 했던 부자처럼.
사람에게서 냄새가 난다고 자연스럽게 말해도 되는
그런 환경에서 자라나는 아이처럼.
부자의 몸에 밴 습관이
그다지 비난받을 만한 것이 아닌 것처럼 보였을지라도

상대방의 어떤 자격지심은 비참한 결말로
관객들을 몰고 간다.

어떤 이는 빈자 편에, 어떤 이는 부자 편에
이해의 저울추를 조금씩 움직이고 있으리라.
중요한 건 빈자의 점차 증가하는 착취라고 하는 습관은
스스로 가난이라고 하는 약자의 심정으로 위안받으며
키워 낸다.
본인의 습관은 눈치채지 못하고
부자의 습관이 찔러대는 통증에만 칼을 간다.
어쩌면 애초부터 그 습관이란 것이 내 것에만 관대하고
타인의 것은 처음부터 나에게 어색했을지도 몰라.
타인의 습관은 조금씩 커지는 과정까지 보이고
내 습관은 괜찮다고 다독이며 키워 냈던 걸까?
눈에 거슬렸던 타인의 습관은 나와 만나서
엄청난 분노로 발산되기 전까지는 부단히 거부했겠지.
어른이니까.

또 습관은 내가 만든 것 외에 타인의 것이
무방비 상태로 내게 씌워지기도 한다.
가까운 사람끼리의 비슷한 습관은
모방과 무의식에서 자신도 모르게 닮아가고 있었다.

좋은 습관인지 나쁜 습관인지 구별하기도 전에
이미 따라 하고 있을 때도 있다.
아이들의 삶 구석진 곳까지 그 사회의 습관은 스며 있으니까.
그리고 그것은 계속 진화를 한다.

그렇게 농익은 부자의 습관과
점차 커지는 빈자의 도를 넘는 습관이 부딪히는 소리는
요란하게 마무리 짓는다.
마지막까지 빈자의 용감한 습관은 반성 없고,
조금은 다르겠지만, 다시 햇빛을 볼 때 그대로 묻어져서
덧입혀지겠구나. 쓸쓸함이 남는다.

어쩌면 우리는 긴 세월 살아오는 동안
착취하고 묻어두고를 반복하면서 여기까지 왔을까?
다시 좋은 말로 합리화를 하고
이제는 한 계단 높은 부류에 들어가서
보이는 지저분한 것들을 얼른 치워 버리자고.
그럴싸한 미소와 함께 산뜻해 지고 싶은 거야.
본래 신분이 높았던 것처럼.

영화가 던져주는 메시지는 개인마다 다르리라는 점도
흥미를 준다.

영화가 끝나고 나는 말이 하고 싶어졌다.

내 습관에 대해서

또 빈자와 부자를 내 마음이 어떻게 반응하고 있었는지에

대해서.

그리고 지나온 세월 동안 내가 되어 버린 습관을

나열하고 들여다보고 그렇게 말이다.

그리고 상대방의 어떤 습관을 내가 지나쳐 주기가

힘이 들었는지,

그것은 나의 어떤 응어리가 있어서 상대방의 습관에

예민한지,

또는 별 자극 없이 무던한지.

한편으로는 반세기 전의 빈부 격차를 이야기한

여느 영화들에 비해 빈자들의 이야기가 독특하다.

어쩌면 시대의 거울을 비춰 주는 듯 인간 내면을 드러낸

습성 앞에 섬뜩한 찔림을 당해도 괜찮지 싶다.

영화를 보는 동안만이라도 말이다.

가난이라고 하는 말이 주는 시대적 분위기가

꼭 위로받아야 하는 그런 계층이 아니고 나름의

존재감의 표현이 영화계의 진화라고 해도 될까?

그 존재감은 사회 곳곳에 펼쳐지고 우리는 자연스레

힘의 이동을 본다.

부자와 빈자, 누구에게 돌을 던지랴.
이미 우리는 둘 다의 주인공인걸.
그렇게 이 영화를 만든 감독 봉준호 님은 질문을 던진다.
각자의 마음의 소리를 자유롭게 넘나들어 보라고.

21세기의 사람들

십 년이면 강산도 변한다는 옛말이 있지.
뭐 보이게 변하겠냐만은 우리네 삶이 매 순간
변하고 있다는 그런 뜻이겠지.
만원 버스를 타고 가다 한번 덜커덩 흔들리면
비좁던 공간이 좀 널널해지기도 하고 또 널널하던 내 주변이
좁아지기도 하듯이 그렇게 흔들리고 섞어지고 하잖아.

영원한 것은 어떤 것도 없는 줄 알면서
좋은 것이 내게 오면
맞이하는 그 순간부터 변한다.
본래 가지고 있었던 것처럼, 영원할 것처럼.
이것 말고 더 좋은 것으로 바란다.
기회가 왔으니 내 시대가 온 줄로 착각한다.
그 좋은 기회를 잘못 사용하고 있었음을
좋은 것이 떠나고서야 안다.

그 좋은 것은 언제나 떠날 준비를 하고 있다.

어떤 사람은 세상에 와서 한 세기 이내를 구경하고
떠나는가 하면 우리처럼 두 세기를 걸쳐 구경하게 되니
어떤 때는 우리가 더 자주 변하는 모습을 보게 되나 보다 한다.
2천 년도라는 새해를 맞을 때도 시끌시끌했지.
그것도 이십 년을 넘기고 나니 많이도 변했다.

이제 또 다른 강산의 변화를 맞이하는 시절이다.
혹시 알아, 우주 자체가 변하고 있는 중일는지.
만원 버스가 흔들려 골고루 공평하게 공간을 차지하게 되듯,
지구가 좀 흔들려 모든 사람이 공평한 행복을 나누게 될지.
물질 만능주의와 권력 최고주의가
색다른 바람을 만나 휩쓸려가고
어느덧 소박한 웃음으로 행복하게 되는
그런 세월을 맞이하게 될지도 몰라.
물론 강산이 눈에 보이게 변하지는 않듯이
우주의 일도 미세하게 느껴지겠지.

눈에 보이지는 않지만, 혹여라도 우리 모두
행복하게 될 수 있는 그런 내용의 흔들림이 올지도 모르지.
아마 정신의 바로 세워짐 같은 거.

내가 누구인지도 모르고 달려오고 했잖아.
이제는 정신 차리고 나를 찾아야 하는 그런 시절을
만원 버스가 흔들리듯,
우리를 태운 지구가 쪼끔 흔들려 강제로 정신 차리게 되는 사건.
그렇게 된다면 다른 세상을 만나게 될지도 몰라.
다 함께 행복할 수 있는 그런 세상 말이야.

이제는 각자의 정신이 중요한 시절인 듯하니까.
옛사람들의 이야기를 읽을 수 있고,
여러 사람에 걸쳐 전해진 내용이 아닌
좀 더 원작에 가까운 이야기를 궁금해할 수도 있다.
긴 세월 겪어 오면서 시대가 좋아졌다면
그건 나 자신과 세상을 궁금해하고 의문을 가져도 좋다는 것.
충분히 이 시대를 고마워하고 있다.

모두 내 속에 있다

인간의 본성인 내 것과 네 것,
내 편과 네 편 이렇게 벽을 치고 싸우기를 즐기는
그 출발이었을까?
인간이 살고 있었다는 이야기가 전해지는 시점부터
얼마간은 자연 속의 일부가 되었다가 어김없이 등장해야 하는
싸움의 사연들.

역사 속의 이야기 자체가 위기와 평정이 공존해야 재미가
있기도 하니 시대에 사건이 빠질 수 없지.
가만히 들여다보면 그 역사 속 사람들의 이야기가
지금을 살고 있는 사람들의 이야기와 별반 다르지 않다.
어쩌면 내가 편들고 있는 '나'가 변한 것이 없으니
아무리 긴 세월 흘렀어도 달라지겠는가?
이야기 속에서 우리는 그저 흥미와 스릴을 즐기고 있을 뿐.
나와 상관없이 내 이웃의 불안함을 지켜보듯

역사 속의 사연들을 지켜볼 뿐이지 않았나.

내가 얽혀 있는 문제에서 늘 상대의 불공정을 크게 보고
나의 실수는 별것 아닌 것처럼 느껴진다.
오래도록 싸워온 그 제목이
나와 다른 종교, 나와 다른 피부, 나와 다른 정서
그 속에서 나라, 동네 등의 지역과 덜 세련된 모양새.
얼마나 많은 나와 다른 이유로 거부감을 드러냈는지.
그렇게 길게 싸운 이유가 이런 것들이다.

아직도 싸운다.
정직하게 말하는 사람이 없었냐고?
왜 없었겠는가, 하지만 권력의 이동에 따라 판가름이 쉽다.
무리가 많으면 그쪽 말이 옳은 거다.
밖에서 악마를 보았다고 하면 그런가 보다 한다.
그러니 못된 것들은 늘 밖에 있고
마귀는 늘 밖의 무리 속에서 나온다고 일러준다.

내 속에 악마가 있고
내 마음이 마귀를 키우고
타인에게 손가락질해대는지도 모른다고
누가 소근거리면 외면당하게 될 수도 있지.

설마 내 속에 악마가 들어 앉아 있으리라 누가 정의 하겠냐고.
그보다 더 확실하게 내 속의 악마를 거부하느라
수고하는 중이라는 게 맞겠지.

그 사실을 거부하려면 밖에서 악마를 찾아야 하는 거야.
나는 멀쩡한데 늘 밖에서 시끌시끌해.
맞지 않는 이야기를 사실화하려면
아주 강하게 밀어붙여야지.
그래서 나 아닌 타인이 문제가 많고,
나와 다른 밖의 이야기는 악마가 되고 마귀가 되고 해야지.
어찌 됐든지 그 사회에서 힘이 센 쪽이 말과 규율과 일상을
정리하곤 했으니까 말이다.

다른 곳은 어때?

삶이 힘겨워 잠시 여기를 떠나고 싶다.

다른 곳에 가서 가볍게 며칠을 지내러 떠난다.

준비하고 길을 나서고, 행복하다.

도착해서 주위를 둘러보고 색다른 음식을 즐긴다.

하루 이틀 지나니 집이 생각난다.

힘겨웠던 잡다한 생각들이 떠오른다.

집에 두고 온 줄 알았는데 다 데리고 왔네.

여행지가 더 이상 행복한 곳이 아니다.

가만있어 봐, 며칠 남았지?

돌아갈 날을 보니 돌아갈 준비만 하게 된다.

왜냐하면, 이미 마음은 집구석에서처럼 아웅다웅 됐으니까.

오래전부터 사람들은 삶이 힘든 것이라고 알았을 거야.

아니 분명 힘이 들었어.

힘든 이곳 삶의 현장 말고 다른 홀가분한 그런 곳을

희망하고 있을 때 만약 누군가 그런 곳이 있다고
알려 준다면 믿어야 지금이 좀 수월하지 않았을까?
자동차도 없고, 기차도 없고, 비행기도 없어
그들이 어디 옮겨 간다는 건 생각할 수 없으니
기대도 희망도 당연히 없지.
그래서 죽어서라도 가고 싶었을 거야.
죽어서 또 이렇게 힘들까 봐 말이지.
단 며칠간 만이라도 여행을 떠나고 싶은 심정처럼
천국을 희망으로 삼고 살아야 기쁨이라고 하는 통로와
연결이 되지.

선악과

이제는 시대에 따라 사람들이 세상을 궁금해하고,
'나'가 궁금한 거야.
그래서 '나'가 어떻게 하는지에 따라 세상이 달리 보이는
사실을 조금씩 발견해.
아주 오래전부터 정의되어 온 멋진 사람들의 말들이
입속에서만 맴돌았던 건 안타까운 일이었지.
돌아돌아 이렇게 좋은 시대에
옛사람들의 정의를 자유로이 토론할 수 있어
이 또한 행복이 아닐 수 없다.

자유로운 만큼
바람에 흩날리는 지혜로 깨우침이 한창인 만큼
이러한 시대에 지도자가 맥이 빠지지 않으려면
개인의 철학이 설득력 있어야 좋겠다는 생각이다.
우리는 이미 많은 객관적이고 진실에 가까운 그런 내용을

쉽게 알아가고 있다.
다시 말해 군중은 지도자가 말해 주기 전에 질서정연하게
움직이는 능력을 벌써 터득했다는 사실이다.
이제 기다리는 것은 가슴을 열어주는 감동 같은 거,
이미 알고 있지만, 다시 꺼내 보기를 재촉하는
울림 있는 철학을 원한다.

우리는 다시 시작하고 싶기도 하다.
잠자리에 들면서 어제처럼 되풀이한다.
오늘 또 선악과를 먹었노라고.
그것을 먹었더니 눈이 밝아져 숨겨진 내 진실이 보여 가리느라
또 헛되이 시간을 축냈다고.
오해를 풀고자 하는 이유도 진실을 가려 보고자 애쓴 이유도
결국에는 괜찮은 인간으로 보이고 싶은 또 하나의 욕망.

심심해서 또는 무료해서 선악과를 따 먹었을까?
모든 것이 평화로워 보이는데 왜 선악과는 만들어 놨을까.
이것이 태초의 시험이었다면
그것은 지금까지 해결되지 않았다.
아니 그것은 해결되는 내용이 아닌 존재하는 동안
수없이 만나야 하는 시험이 아닌가?
강렬한 메시지였고, 예고이고,

가장 확실한 예언일지도 모를 내용이다.

신의 구상이기도 하고, 한편의 동화 같은 그 내용은
어쩌면 지금까지 살아오고 있는 인류의 삶
그 자체를 이야기한 가장 짧은 메시지일 수도 있겠다.
태초라고 했던 그 시작부터 지금까지 예고된 시험인가?
낙원과 선악과.
재밌는 호기심 그 선악과.
그래, 따 먹어야지.
얼마나 심심했을까.
이해 당연히 가지.
우리는 하지 말라고 하는 그것은 꼭 해보고 싶잖아.
그리고 펼쳐지는 얼른 가려야 하는 벗은 몸의 수치심.
오로지 본인만 큰일이라고 느끼는 그 부끄러움.

계속 바쁘게 이어지는 박진감 넘치는
자신과 그 대용으로 상대방 수치심 드러내기.
간간이 등장하는 고통 뒤의 평온함.
한 번 뿌려진 씨앗은 순수하게 성장하게 되는 질투와 욕망.
드디어 영화 같은 절정의 이야기 가인과 아벨의 사건.
좀 떨어져서 보면 재밌는 영화일지라도
그 속의 개인은 지옥을 경험하는 중이겠지.

긴 세월 인문학의 줄기는 그런 이야기 속의 개인을
해방시키는 연결이 되어 준다.
그 줄기는 범접할 수 없는 묵직한 내용에 닿기까지
기나긴 여행이 필요하기도 하다.
그 어렵고 두려운 내용이 사실은 얼마나 가깝고
누구든 스칠 수 있었던 지금의 것이었다는 느낌이다.
그 이야기 속의 주인공이 내가 되기도 하니까.
누구든 길게 돌아 잠깐 스치는 메시지에 맑은 정신으로
깨어있는 지혜를 얻기도 하지.

내가 매일 선택하고야 마는 선악과,
그 선택의 이유가
심심한 하루에 대한 두려움 같은 것도 포함이 되기도 한다.
그리고 그 선택에는 책임이 따른다.
이름이 이미 그 의미를 알려준다.
선과 악
내 마음이 너무나 쉽게 넘나들 수 있는 곳.
선의 상태와 악의 상태.
선의 상태일 때는 나를 내세우고,
악의 상태일 때는 밖에서 악을 찾아 길을 나서고
꼬리를 무는 이야기가 끝이 어딘지도 모르고 내달린다.

선과 악

기쁨과 슬픔

성공과 실패

좋은 것과 나쁜 것

마음이 구분 지어 놓은 수많은 선이 존재한다.

그 선들 그 너머에는 사랑만 있다면 어떨까?

그 너머에 가기 위해 지금을 내가 겪어내야 하는지도 몰라.

나를 찾아 나서면 주위 모두가 보인다.

바빠서 안 보였던 것들이다.

내게 좋은 것이 아니면 부단히도 거부했던 이야기들.

나를 힘들게 하는 그 어떤 것도 두려워했던 사건들.

내 살아가는 이유가 그것도 경험하라고 허용된 것이라는

가느다란 이해를 이제야 한다.

그래, 어쩌면 무슨 이야기든지 있어야 배부른 에고는

선악과 하나로 평생 연금을 타 먹고 있는 중일 거야 아마.

선악과를 선택하지 않아도

그 유혹에 흔들리지 않아도 되는 충분히 행복한 삶.

그런 평화가 이미 있으니

그것이 발견되기를 기다릴 뿐이다.

마음에 낙원이

각자의 마음에는 온 우주가 펼쳐져 있다.
좋은 마음, 나쁜 마음, 온갖 유혹의 마음
표현 가능한 모든 언어가 샘솟는 곳.
그 마음이 유혹하는 내용은
허용된 하루를 그냥 버리게 되는 결과를 알면서도
또 따라가 본다.
심심하지 않고 바쁘고 심박수도 오르락내리락
여러 번 한다.
이것이 마치 살아 숨 쉬는 증명이라도 되는 것처럼
매일을 그렇게 한다.
태초에 낙원에서 일어난 선악과 사건이
매일 나에게 일어나는 일상이 된 건 이미 그때부터
예고된 사실이었나?

안쓰러운 백성을 위해 그가 또 되짚어 준다.

낙원도 마음에 있다고.

마음이 가벼우면 천국을 볼 수 있다고.

그래도 힘이 드니?

그건 너무 많은 벽을 만들었기 때문일 거야.

처음에는 금을 그어 놓고

다음에는 담을 쌓기 시작하고

이제 벽을 튼실하게 만들어 놓고 있지.

그게 어른인 거야.

벽이 나를 안전하게 보호해 주는 착각을 하는 거지.

사실은 자유를 스스로 차단시켜 버렸어.

그러면 선악과는 '에고'의 장난이었나?

실체가 없어서 슬픈 에고는

육신을 청정 영역인 영혼이자 영적인

부분에 연결시켜 놓고

그야말로 심한 장난을 치고 있는 중일까?

아무리 천지를 창조하고 인간을 만든 신이라고 말해도

그것을 믿든지 그렇지 않든지

현실에 던지는 메시지는 찾아보고 싶어졌다.

사실 역사는 믿는다는 것보다

언제든 내가 길을 잃었을 때

한 줄기 빛으로 안내하는 역할을 해내고 있기 때문에 중요하다.
숱하게 이어지는 학문의 연결이 결국에는
그 뿌리가 하나의 역사에서 이어져 오고 있으니까 말이다.

아주 희미하게나마 그 뿌리가 이어지는 사실이 찾아질 때
나는 살맛이 난다.
마음을 이끌고 다른 곳으로 놀러 다닌다.
심심했던 마음이 신나게 쫓아온다.

희 열

무지라고 했던가.

추적해봐도 해답이 묘연하다고 느낄 때

기운이 빠지는 기분이 든다.

이제는 중단하기보다 계속 질문을 한다.

그리고 미소가 다가올 때 또 한 번 오래도록 기쁘다.

내 손에 무엇이 놓이는 그런 종류의 얻어지는 것이 아닌

오로지 삶의 궁금한 것 한 조각이 이해가 됐을 때

그때가 멀리 보이는 환희 같은 느낌이다.

어쩌면 종교라고 하는 것이

지극히 개인적이고 주관적인 것일지도 몰라.

마음을 고요하게 훈련하는 것까지는 학문일 수 있으나

그 이후에 접속되는 순간들은

그 경험을 따라 할 수 있는 내용이기에는 이미 욕심이 붙어

그 순수성을 놓치기 쉽기 때문이다.

가장 고요하고 순수한 그 자체의 회복은
표현하는 순간 변형되고
긴 세월과 함께 자꾸만 멀어져 가겠지.
마음이 고요할 때면 누구나 스치게 되는
형용할 수 없는 기쁨 같은 내용을
나만 특별히 받은 은총이라 여기다가 길을 잃을 수도 있고.
누구든 내 말을 잘 듣고 내 말을 놀라워 해주면
신이 나서 조금씩 더 돋보이게 그 내용을 만들 수도 있지.
그리고 그 기쁨을 연장하고자 욕심이 또 들어가고.
다시 발견하고자 애씀이 이어지고.

찬란한 기쁨도 더없는 슬픔도 찰나인 것을.
그 찰나는 누구나 가졌던 평범한 일상인 것.

보 물

한 나라를 이해하려면 그 나라의 역사를 통해야 하듯이
인간을 이해하려면 가장 오래된 문자를 살펴봐야 풀리는
경우가 많다.
그 발견을 이어 가면서 남겨 놓은 문자들이
지금의 나를 알아가는 열쇠가 되는 순간을 만난다.
어쩌면 습관적으로 책장을 넘겼던 오래된 이야기들이
지금을 설명해 주고 있었을지도 모르지.
그것은 그냥 오래된 낡은 이야기가 아니고
살아있는 메시지였을 수도 있다.

언젠가 젊은 청년이 했던 말이 떠오른다.
지금 그들이 공부하고 있는 내용이 옛 선조들의 것이라고.
전기를 알았고, 비행기를 알았고, 컴퓨터를 알았을 때도,
지금의 인터넷을 알고, 인공 지능을 이야기할 때도
옛 선조들의 것을 꺼내 쓰는 거라고.

그것들을 꺼내 쓰는 것도 이렇게 아주 천천히 이루어진다고.
숨겨진 보물을 찾기 위해 학문에 전념하는 거네.

얼마나 훌륭한 내용인지 처음엔 많이 놀랐다.
이렇게 긴 세월 인간들이 누릴 수 있도록
보물을 이미 발견해 놓은 거구나.
수학이든, 물리든 또 인문학이든
선조들이 남긴 보물을 파내서 실생활에 사용하고 깨우치고
좀 더 좋은 유품으로 남겨야 좋겠다는 생각도 잠깐 든다.

인간이 만물의 영장이라고 했던 그 이유가
처음으로 좋았던 대목이
나를 조금씩 이해할 수 있도록 펼쳐 놓은
지난 역사와 지혜로운 사람들의 그 앎의 과정을 스칠 수 있는
지금 시대에 내가 놓여 있음이다.

번뇌의 중간에서

번뇌의 소용돌이를 만나 봐야

진리를 살짝이나마 스칠 수 있을까?

어느 날 길을 잃은 느낌을 알았을 때 의문이 생긴다.

예수는 가롯 유다를 왜 막지 않았을까?

자신을 팔아넘길 것이라는 사실을 알면서 지켜보기만 한다.

베드로가 자신을 부인할 것이라는 사실을 알면서도

가만히 본다.

많이 사랑하는 벗이었는데.

그 마음이 번뇌의 중간에 있어 누구의 말도 듣지 않을 거라

이미 알고 있었을까?

본인이 번뇌의 소용돌이 그 가운데 놓여 있어 봐야

알게 되리라는 사실을 이미 알고 있었을까?

어쩌면 이미 그 마음의 역할을 알고 있으므로

가만히 보고 있었을 거야.

번뇌가 머무는 시간도 필요하다고.

그래서일까?

바로 옆에 길이 있어도 돌아돌아 자신의 길을 걸어간다.

그러니 살짝 스친 천국을 말하려 해도

듣는 사람들은 자신의 눈으로 자신의 귀로

듣고 싶은 것만 보고 듣는다.

그렇게 믿고 따르던 신의 아들 바로 옆에서

그들은 일용할 양식을 걱정했고,

주인의 애제자를 질투했다.

그의 말씀은 말씀으로 남고

일상의 길들여진 행위들은

나름대로 변함없이 이어지고 있는듯하다.

얼마나 당연한 사람 사는 세상 인가를 보여 주듯

그렇게 말이다.

그가 신의 아들이든 특별한 이적을 행하든

그 순간은 일상과는 별개인 듯 보인다.

궁금하다가 애처롭고 아픈 감정도 스친다.

바로 주인의 마음이다.

나를 따르고 나를 믿어주고 내 말을 들어주던

제자이기도 하고, 벗이기도 한.

그런 동료들의 외면을 감당하는 시점.

그의 삶 아주 세심한 구석에서

나의 처지를 위로받는 대목이 반갑다.
이것이 삶이라고 그의 일생이 말해 준다.

물 위를 잠시나마 걸었던 베드로는
주인을 외면하는 서운함을 주었고,
질투도 감추지 못했던 장면을 엿볼 수 있다.
그의 이적을 높이 평가해 그를 따르는 건
오래가지 않음을 안다.
그가 신의 아들이어서 따르는 건 어떤가?
그가 신의 아들이어서 온 인류 삼라만상을
다 보듬어 사랑한다는 그 사실을 또한 안다.
그러니 그것 또한 무슨 이야기가 따로 더 필요한지.

제자들에 둘러싸인 그 주인을 물끄러미 본다.
다가올 본인의 사건만 보더라도 외로움과 두려움에
치를 떤다는 표현이 모자랄 텐데.
자기 살 궁리하느라 주인을 옆에 두고도 외면하게 될
벗이기도 하고, 제자이기도 한 그들을 앞에 두고도 담담한,
흩어지지 않는 그 모습 그대로를
내가 위로하고 또 위로받는다.

그의 삶이 절절하게 한줄기 햇살 되어 내게 비출 때

그때가 분명 있다.
그의 삶 구석구석에 견뎌낸 사연들이 바로 햇살이다.
내게만 특별하게 무거운 줄 알았던
삶의 무게가
그가 진하게 몸서리칠 것 같은 상황에서
담담히 받아낸 이야기.
분명 배신감에 몸을 떨어야 했을 그 대목에서
내가 위로받는다.
내가 한 말에 오해가 묻어서 이곳저곳을 떠돌 때
날카로운 비수가 되어 나에게 되돌아올 때
아직도 그 말의 의미를 이웃들이 알아채지 못할 때
그분을 기억해 내길.
위로라는 건 이런 것일까 해.

그의 눈으로 이웃들의 사연을 봤을 때
답답하고 짜증 나기도 했겠지만
참아주는 장면도 몸소 가르치고 있는 것일 거야.
어쩌면 우리는 서로에게 아픔이 되었다가
또 기쁨이 되었다가를 반복하면서
너로 인해 내가 보이는 이치를 배워가는 중일지도 몰라.
누구든 비슷한 아픔을 만나본 사람이라야
공감하고 애절한 축복도 빌어주게 되니까.

그러니 번뇌가 나를 이끌어 주러 오나 보다.
욕망과 두려움에 흠뻑 절여져서
기진맥진이 왔을 때 햇빛이 본래 거기 있음을
발견하기도 하듯이.
그 발견이 돌고 돌아 이제야 되는 거다.
그래서 주인은 기다리나 보다.
주입식으로 또는 속성으로 마음을 운전하기에는
아직 쉬운 방법이 없는 거야.
다 겪어 봐야 알아지고 무지에서 조금 눈을 뜨려나.

너는 나의 거울

아는 사람을 떠올리면 내가 보인다.
그 보이는 나는 늘상 본인이라고 생각하고 사는 나다.
떠올려진 아는 사람이 지나온 사연을 물고 와
'나' 위에 겹쳐진다.
아니 내가 나를 나타내기 위해
아는 사람을 떠올릴지도 모르지.
어찌 됐건 점차 이야기가 커지기도 한다.
"반면교사."라는 말이 있다.
나를 나타내 주는 상대방의 등장과 그에 얽힌 사연이다.
떠올려진 아는 사람은 가상의 '나'와 대화를 한다.
친절하게 이어지든지 질투로 이어지든지
생각 속 등장인물과 나는 그래서 바쁘다.

길을 가다 멋진 동네를 발견하고 떠올리는 아는 사람.
또다시 바쁘게 내 닿는 그다음 이야기.

말해 주고 싶은 멋진 동네 이야기는 먹잇감이었다.

왜냐하면, 떠올려질 때의 이유가 이미 사라졌기 때문이다.

사람이니 사람을 떠올리는 게 당연하다.

만약 아무도 떠올리지 않으면 어떨까?

아하, 멋진 동네구나.

됐어, 요기까지.

이러고 자신이 있는 곳에 온 정신을 두고 있으면 어떨까?

깜박 잊는 행동이나 잃어버리는 물건도 줄어들겠지.

또 궁금해진다.

본래 없는 에고가 있는 척을 하려니 지 할 일을 해야 하나 보다.

그래서 아는 사람들을 떠올려 놓고 이러쿵저러쿵 본인의

존재를 알리려 하나보다.

이러다가 이야기가 커져서 몸뚱이 큰 번뇌로 이어질지도 몰라.

그 번뇌에 놓였을 때는 이미 늦었고,

지치고 잃고를 반복하다 새롭게 태어난다.

에고에 대해서 자꾸만 궁금하다.

이웃해서 살아야 하니까.

어영부영하다가 끌려가기 딱 쉽다니까.

내 생각을 추적하다가 동물이나 식물

또 자연에 대해 궁금증을 옮겨 가 본다.

반려동물

사람은 그 대상인 사람을 찾아 놓아야 삶이 되는 듯하다.
대상은 늘 마주 보고 있다.
그래서 대결이 되기도 한다.
비슷한 생각으로 나란히 걸으면 긴 여행 동행이 된다.

반려동물은 어떨까?
이미 정서적 도움을 받고 있다는 연구도 있다.
반려동물을 떠올리거나 함께 오래도록 있어도
'나'가 맞대거리를 해야 할 이유가 있을까?
아는 사람을 떠올렸을 때
제멋대로 이야기가 굴러가지만
반려동물은 주고받는 교감이 사람과의 교감과는 다르다.
듣는 말이 없어 오해가 없어서일까?
반려동물이 어떤 말을 해주지는 않으니까.

그리고 중요한 건
온몸으로 자신의 언어를 전해 주는 것.
무한 애정 공세를 무료로 제공해 주니 행복 그 자체다.
또 내가 누굴 돌봐 줄 때 기쁨을 느낀다는데
지나고 나면 보상을 기대하게 되니 문제가 된다.
그러나 반려동물에게 그런 거 없다.
그저 좋아하는 거 보고 나도 기쁘다.
좋아하는 표현이 즉각 전달된다.
계산이 없으니 망설임도 없다.
그래서 보기만 해도 긍정적으로 알아듣는 경우가 많다.
상대편의 반가움은 나를 길들인다.
경쟁이나 비교의 대상도 아니고
있는 그대로의 기쁨이 깊이 있고 길게 이어진다.
아마 그래서 반려동물이 정서적 위안이 되나 보다.

마음이 소란할 때
누구의 위로가 필요할 때
말없이 가만히 들어주는 사람이 편안하듯이
서로의 눈을 스치면서 조용히 해주는 것.
그래 가끔씩 그런 시간이 그립지.

생각 속을 거닐다

늘 생각을 꼬리 물고 다닐 때
문득 발견이 되기도 한다.
그 생각의 정체가 말이다.
그 생각 속의 이야기가
현재의 삶에 좋은 영향을 주고 생활에 득이 된다면
왜 문제가 되겠어.
자꾸자꾸 불러들이지.

그러나 요것이 등장하므로
생각 속 인물들이 늘 나를 보고 있다고 착각을 하는 거야.
늘 평화로워 보여야 하고
늘 행복해 보여야 하는데,
힘든 사연 겪어내는 중에
추해 보이는 이야기 속의 주인공으로 있을 때
만난 사연보다 나를 지켜보는 눈들이 더 문제야.

이것이 착각이란 거지.

생각이란
내 에너지를 탕진하고 무료하게 만들기도 하고
나 중심으로 이야기를 펼쳐 놓기도 해.
아주 가끔씩 커다란 번뇌 속에 놓여 있게도 하니
없이 하는 것은 어려우나 사이좋게 공존하기 위해,
또한 멋진 생각을 키우기 위해
그 출처를 궁금해하는 중이다.

그렇다.
어찌 됐든 나는 너를 불러내고
너는 나를 불러내서
가상의 무대에 놓아두기를 반복한다.
가상의 '나'가 교활한 녀석으로 변하기 전에
정직하게 말을 던져 준다.
이미 단단해진 녀석이 순하게 되려면 시간이 필요하겠지.

어떤 사람은 생각을 기차 여행이라고 해.
그냥 스치고 지나가는 기차의 창가에 비친 가로수라고.
그러니 특별한 나무가 눈에 들어와도 따라가지 말라고.
그래, 나에겐 지금을 발견해야 하는 여유가 필요해.

내 주위 모두가 말을 걸어주기를 기다리잖아.
내 책상, 의자, 물컵, 화초들
존재하는 모든 것들에 눈길이 머문다.

거부하고 싶겠지만 언제나 일상이 더 중요하다.
이기적이라는 말이 싫어서 애쓴들
착하게 보이고 싶어서 나를 감춘들
결국에는 초라한 자신과 마주해야 한다.
시간이 넉넉할 때 자신에게 정직하기를
노력해야 하는 이유다.

달아나는 진심

멋진 말이 생각났어
아, 말하고 싶다.
아니야, 참아.
그건 너의 진심이 아니잖아.
이유 없는 행복을 경험했어, 이거 아주 중요해.
말하지 마, 달아나 버려.
그럼 언제 말할 수 있어?
말에 대한 욕망이 사라졌을 때, 그때 해.
그놈의 말 때문에 기분이 엎치락뒤치락하는 중이라면
벗어나는 연습을 먼저 해.
얼마 전에도 평온한 며칠을 한 문장으로 표현한 뒤로
도루묵 됐잖아.
오래갈 것 같았는데 꺼내 놓은 뒤로는 사라지더라고.
이런 생각이 났어.
말로 표현한 순간 그 표현한 말만 남아.

평온했던 내 느낌보다 쏟아낸 한 문장이 더 맴돌아.

이럴 때 멋진 청년의 말이 떠오른다.
경치 좋은 데서 사진을 찍고 나면 황홀함이 사라진다고.
찍는 그 순간 마음은 사진을 기대해.
눈앞의 경치보다 저장된 사진이 소중한 거야.
공부할 때 노트 정리를 끔찍이 잘하는 친구처럼.
새로운 내용을 받아들이는 것보다 잘 정리된 노트가
더 중요한 거야.

순수함이란 빈 노트에 새로운 이야기를 담아내는 게 아닐까?
선입견이 순수를 빼앗아 가고
어설픈 앎이 순수를 앗아간다.
왜냐하면, 순수는 찰나에 빛이 나니까.
어린아이처럼 새날을 만나고 싶다.
어린아이처럼 새 이야기를 만나고 싶다.

공중에 퍼진 언어들로 피해를 만날 때 자세히 들여다봐.
내 몸이 반응을 하는지,
아니면 내 생각이 반응을 하는지.
몸은 토닥여 주고, 생각은 꺼내 보고,
생각은 꺼내봐도 보이지 않네.

사실 아무도 없는 이미지에 사활을 걸고 있었어.

참 신기해.

말이 또는 메시지가 날카로워질 때면 먼지를 털어 버려.

왜냐하면, 좀 쉽게, 가볍게 살고 싶어서.

지금 이 시간에 해결 해야 할 일들이 기다리잖아.

그거만 해.

말을 해주고 싶을 때

그 말을 하다 보면 나 자신에게 하고 싶은 말이라는 걸 안다.
점점 목소리가 커지고 있는가.
나 자신에게 정말 필요한 말인 거다.
화가 나서 내뱉은 말들을 쫓아가 보라.
그 날카로운 조각들이 찌르고 있었던 건 자신이라고.
그 상대방은 운이 나빴던 순간이었고.
이런 연결이 인간관계인 거다.

누구에게는 친절한 사람이 됐고,
누구에게는 두 번 다시 보고 싶지 않은 그런 사람이 됐기도 하다.
본의 아니게 좋은 사람 놓쳤다고 길게 안타까워할 것 없다.
수많은 사람이 비슷한 경험을 하고 있는 중이니까.
그것은 내가 못 느끼는 순간이어도
과거의 불편한 한순간을 생각하고 곱씹다가
그 불편한 조각이 어느 순간 불쑥 튀어나와 생긴다.

이런 내 사정을 알 길 없는 상대방은 기분이 나쁘지.

아직 어설픈 마음 비우기가 흡족한 순간이 있다.
당연히 좋은 소식이어도 듣는 입장이 불편하면 문제가 생긴다.
좋은 대목을 누구에게 말해 주고 싶을 때.
먼저 자신의 내면으로 던져 주라.
며칠 지나 아직도 그 좋은 대목이 가슴에 머물고 있는지
들여다 보라.
아마 멀리 연기되어 사라지고 있는 중일 거야.
그토록 중요한 것도
그토록 힘든 것도
그것 나름의 여행길에 있는 것.
내가 스치는 순간이
상대방의 스치는 순간하고는
그 시점이 다르니까.
그리고 중요한 건 너도 언젠가는 내가 되니까.

사 랑

사람이 살기 시작하면서부터 지금까지,

아니 끝나는 그 날까지

변하지 않을 수 있는 진리에 가까운 말이 있다면

그것은 '사랑'이 될까?

가볍기도 하고 무겁기도 한 그 말.

얼마나 길게 그 반대쪽으로 걸었는가를 측정해 보고

그래도 이웃을 공격하는 하루.

사랑 앞에 자유로운 자 가벼우리.

사랑 앞에 여유로운 자 승리하리.

사랑이라는 말은 고요하다.

고요함 속에 나를 파고든다.

겸손해진다.

변명하는 건 목소리다.

어김없이 고요가 찾아와 마주한다.

비밀스레 속삭인다.

목소리 줄이라고.

사랑의 거울을 비춘다.

부끄럽다.

　'누구든지 죄 없는 자가 와서 돌을 던지라.'

나는 얼마나 큰 목소리로 바르지 못함을 꾸짖었는가?

비꼬고 할퀴고 짓밟고.

곧바로 상황이 바뀌어 있는 것도 눈치 못 채고 떠드는 내 모습.

바보도 이런 바보가 있을까.

내가 비웃은 그가 바로 나였는데, 나만 몰랐어.

오래된 그분의 소리 '죄 없는 자가 와서 돌을 던지라.'

그게 그렇게 어렵니?

돌을 맞는 자가 내 모습인 걸 아는 그 길이 이렇게 멀구나.

그래서 고요 속에 스치는 음성에 귀를 기울여 본다.

집어 든 돌을 스스로 내려놓을 수 있는 여유가 살짝 보인다.

사랑은 늘 아름다움만 보이는 게 아니잖아.

함께 무성하게 자라난 가지들을 쳐 줄 때 아프단다.

사랑이 열매 맺으려면

욕망이라는 가지

두려움이라는 가지

이런 것들을 쳐 줘야 하는 시절이 있어.

그 계절에 당도했을 때 날카롭게 아파.

일어날 일은 일어난다

일어난 일에 집착하지 않으려면
내가 만난 사연들이 내 경험임을 아는 것이 중요하다.
원망은 집착과 연결되어 내 삶을 좀먹는다.
기쁠 땐 춤추고, 슬플 땐 울라.
죽음의 모양이 어떠할지 두려워 말라.
내 죽음은 예견된 일이나
그 일에 나타난 조연은 시험에 든다.
남의 일생에 해를 끼쳐야 하는 역할이 주어지게 되는 사실에
늘 깨어 있어 그 힘이 약해지기를 살피라.

너와 나는 그렇게 얽혀 있다.
내가 주인공일 때 너는 조연이 되고,
너가 주인공일 때 나는 조연이 된다.
어떤 사연도 조연 없는 주인공이 없고,
주인공 없는 조연도 없다.

하나의 이야기가 펼쳐질 때 우연히도 거기 있게 된다.
우리 모두는 결국 '너'와 '나'가 되어 얽히게 된다.

중요한 건
내 마음이 고요한 가운데 놓여 있음이라.
어차피 이 모든 건 연결된 우리임을
호기심과 사랑으로 걸어 들어가 본다.

2019년 가을에는

사람들의 들끓는 목소리는 힘차기도 하고 애처롭기도 했다.
검으로 일어서는 자는 검으로 망한다고 했던가.
나는 새도 떨어뜨리는 아주 센 힘을 가지고 있다고,
그 떨어지는 새를 고칠 수 있다고 또 다른 센 힘이 말한다.
떨어져 죽은 새를 천국에 보낼 수 있다고 더 세게 말한다.
아주 센 검들의 먹잇감이 된 새들은
새싹이 되기도 하고 추풍낙엽 되어 길을 잃어버리기도 한다.
아주 센 검들이 두렵다.
지구촌 곳곳에 색다른 종류의 검들이 부딪히는 소리가
요란하다.

그래도 살만하다.
지구를 걱정하는 사람들이 거리에 눕는다.
검들을 내려놓고 제발 지구를 살리자고.
각자의 가지고 있는 검들로 힘자랑을 하는 동안

우리 서 있는 곳이 병들고 있다고.
작은 하나들이 물결되어 일어난다.
함께 아파하고, 함께 일어서는 연습을 하자고.

아이들이 고달파 도움을 요청할 때
이제는 마음을 위로해 주자고 그 방법을 연구한다.
언제나 살만하게 해주는 좋은 소식이다.
그 감동으로 다시 일어나 살아간다.
이미 우리는 알고 있다.
새들은 스스로 일어나서 날아야 한다는 것을.
검으로 일어서는 자는 검으로 망한다는 것을.
그리고 천국은 이미 나를 기다리고 있다는 것을.
그곳은 다름 아닌 내가 살고 있는 곳인 것을.

지금 여기

지금 여기에 정신을 가져다 놓으면 마음이 금방 안다.
그림자에 빛이 들어 왔다는 걸.
지나간 사연을 물고 와 길게 떠들어 대다가도
얼른 사라지는 건
지금 몸이 무엇을 하는지 발견하면서다.
오지 않은 미래를 떠들다가도
지금 벌어진 일에 초점을 맞추니
금세 사라진다.
들켜 버린 모양새다.
그래서 화가 나면 잠시 자신을 보라 했구나.
그래서 두려우면 지금 여기를 살아보라 했구나.
과거와 미래를 이야기로 꾸며서 피곤한 세상으로 이끌 때
쫓아가지 말고 그냥 우두커니 보라 했구나.

지금 있는 몸과 장소를 보고 느낄 때

솔깃한 그 꼬드기는 소리는 멀어져 간다.
반대로 몸은 여기 있어도 마음은 딴 동네 출타 중일 때
그런 때는 몸이 알아서 움직이고 정신은 따로 바쁜 거지.
가끔 내가 뭘 했는지 잊을 때가 바로 그때라고.
심심하다고 딴 길 찾지 말고.
행복하기를 결정해봐.

아직 모르는 이야기를 담고 있는 미래
다 지난 이야기, 그 되돌릴 수 없는 과거
후회하는 건 과거에 매여 있는 것.
걱정하는 건 미래에 놓여 있는 것.
이러해서 '찰나'라는 말이 있나 보다.
순간을 살아라.

언제부터 내 머릿속은 과거와 미래만을 넘나들며
자기 할 일을 다하고 있다고 뻗대고 있었을까?
순수하지 않네.
온갖 기억들로 세뇌된 내용이 순간 명령한다.
튼실한 갑옷을 입고서
이익은 재미있고, 손실은 짜증 나고를
계속 되풀이한다.

어쩌면 이야기를 정리하다가 시간을 만들었을지도 몰라.
그러면 시간보다 중요한 건 그 이야기, 즉 사건이 되잖아.
사건만 가지고 노는 건 마음이고
그 마음은 아직 생기지 않은 사건까지 추리하면서 과시를
일삼는다면?
그러니까 지금을 되찾아야 하는 거야.
회복해야 하는 거라고.

현자들은 알려준다.
순간, 그 찰나에 영원이 있다고.
과거의 몸서리 처지는 기억 하나가
눈사람처럼 뭉쳐지더니
지금의 나를 사로잡았다.
나인 것처럼 행세를 한다.
그것이 미래를 두려움으로 탄생시켰다.
그래서 현재는 혼란하다.
과거와 미래만 넘나들며 지금을 방해한다.
시간이라는 칸막이를 걷어내는,
무지를 걷어내는,
그 이해에 목마르다.

그래도 중요하니까

혹자는 말한다.

그래야 발전이 있다고.

끝없이 우리는 발전하고 있다.

그래도 발전이 중요하니까.

우리는 어느 날 인공지능으로 만들어진

로봇을 만나게 될지도 몰라.

이미 나왔다고?

아니 냉장고처럼 쉽게 구입하게 될 거라고.

숱하게 많은 용량의 데이터를 바탕으로

나와 이야기를 주고받게 될 거라고.

어쩌면 그에게 순수하지 않다고

면박을 줄지도 몰라.

내 머릿속은 이미 여러 기억으로 지금을 판단하면서 말이지.

그러고 보니 비슷하네.

말에는 오해가 묻어있다는 그 사실을 알고 나면
살기가 훨씬 수월하다.
뱉은 말은 이미 과거가 됐기에
오해가 묻어서 전달이 되는 이치를 알면
살기가 훨씬 수월하다.
어차피 지지고 볶는 삶이라 닥치는 대로 살자 하지만,
왜 그런지, 왜 삶이 이리 무거운지 조금 알면
안 만큼 오늘 하루 살기가 수월하다.
오늘 하루가 그래도 중요하니까.
내가 나를 풀어줘야 내 이웃도 자유롭다.

역사 속에 오늘이 포함된다.
순간이 또 지나니
곤충의 알처럼 과거는 줄이어 생겨난다.
그 곤충의 알 모양으로 생겨나는 과거에
'나'의 이야기가 섞이면
온 신경이 일제히 일어난다.
오해가 묻었다.
오래된 내 이야기도 되짚어 본다.
억울한 대목을 외치고 싶다.
그렇게 늘 과거와 씨름하고 산다.
눈을 한 번 깜박할 때마다 이미 지난 과거라고.

그 과거에는 늘 오해가 묻어 있다고.

조금 떨어져 바라보면 오해가 있어도 빙긋 웃는다.
지난 것에 오해가 좀 있기로 대수로울 게 있냐고
남의 사연에는 늘 이렇게 한다.
내 사연도 남의 사연 보듯 하련다.
가볍게 사는 것이 그래도 중요하니까.
참 좋네, 이 순간도 과거로 치닫고 보니
부끄러움도 실수도 어느 순간의 기쁨도
되새기는 건 늘 과거 속에 사는 삶이라네.

날갯짓

아이를 키우면서 정직한 대화를 발견했다.
강아지한테 이야기하듯
아직 못 알아듣는 아이에게
좋은 기분을 이야기하고
분하고 슬픈 기분도 이야기했다.
세월이 지나면서 서로에게 신뢰가 생겼다.
아이는 어느 순간 인간적인 대접을 받는다고 느꼈고,
나는 부풀려서 말하거나 과하게 말하는 버릇이 줄었다.
아이가 한 인간으로 존중받는다는 기분을 어릴 때 얻었다면
내가 얻은 건 마음속 이야기를 나눌 수 있는 믿음직한 벗이다.

나와 아이는 솔직한 느낌을 말하는 것에 익숙하다.
어떤 때는 서운할 정도로 본인의 기분 그대로를 말한다.
그 아이는 본성을 좀 가리고 예의를 더 앞세운
그런 적이 드물다. 내 기억으로는 아마 없는 게 맞다.

친구들과의 관계는 다르겠지만
아마 약간의 예의가 가미된 그 정도가 아닐까 한다.
남편과 나는 좀 서운해도 이미 면역이 잘 됐다.
아이가 이야기하는 내용이 바로 그의 마음 전부라고
우리는 알기에 추측 같은 거 안 한다.
유머는 있지만, 빈말은 없다.
냉철한 인간에게서 받는 친절은 곱절 흐뭇하다.
신뢰는 아주 오랜 시간 쌓아온 관계의 중심축이 됐다.
아이에게 유언을 말해 줄 때도 서로가 편안하다.

아이는 나를 길들였다.
좋은 것을 기대하는 마음을 없애 주었고,
좋은 쪽으로 추측하는 마음을 없애 주었다.
그의 사춘기는 많은 이야기와 예고편을 나에게 전달했다.
아이는 숱한 이야기로 자신의 심지를 잘 표현했고
자연스레 날갯짓을 준비하고 있었다.
그럼에도 불구하고 그의 청년 시절인 지금 내 욕심이 들어간
좋은 기대를 잠시 할 때면 가차 없이 잘라준다.
날아간 새의 그 나는 모습만 남아 나를 쓰다듬는다.

아이가 내 이야기와 내 기분을 호응해 주고 잘 받아주고
내가 틀려도 참아주는 넉넉함이 있었다면

기대와 실망을 아프게 겪어내야 하는 내가 됐을지도 몰라.
어떤 이야기도 경청하지만 쉽게 넘어가는 내용은 없다.
그래서 우리는 늘 토론장을 연상하기도 한다.
아이와의 대화가 재미있는 이유이기도 하다.

아이가 나를 길들인 것처럼
나는 내 에고를 길들인다.
정확하지 않은 이야기에 힘을 실어 주지 않는다.
상대방과 나를 과하게 평가하지 않는다.
에고의 기대가 고개를 내밀면 차갑게 눌러 준다.
이웃과 자신에게 하는 기대와 추측이
기쁨을 앗아가기도 하기 때문이다.

오죽할까

누군가 나를 경멸의 눈으로 본다는 생각 말이야.
남이 나를 보는 내용이 언제부터 이리도 중요했을까?
내면을 가만히 보면 거품같은 중요하지 않은 것들이 보인다.
그것은 어쩌면 추측 때문이 아닌가 한다.

우연히 스친 사람들의 눈길이 사실 내 것이 아니다.
경멸의 눈길이든, 친절의 눈길이든 그 눈의 주인의 것이지.
눈길을 보내는 본인의 기분에 따라 보이는 것일 뿐.
그리고 중요한 건 눈길의 주인은 딱 그때뿐이라는 것이다.
별로 심각하거나 중요한 눈길이 아니다.
어쩌다 운이 나쁜 걸 자꾸 추측하기를 하다 보니
진짜 엉망이 된다.

내 마음이 분란을 일으키지 않는 게 무엇보다 중요하다.
흔들리지 않게 중심 잘 잡고 오늘을 걸어본다.

말을 할 때도 메시지를 전할 때도 정확하지 않은 상대방의
의도를 굳이 알려고 하지 않는다.
전달된 객관적인 언어에 더 이상의 집착은
습관적으로 사양한다.
이런 연습이라도 해야 피곤이 쌓이지 않는다.

좋은 문구가 있다고 내 생활에 늘 적용되는 건 아니다.
살다 보면 가슴이 평소보다 세게 반응하는 그런 대목이 있다.
그때 멋진 문구가 소용이 있고,
나를 좀 쉬게 해주는 효과가 있어서
마음의 해열제 역할을 한다.
일상에서는 또다시 남의 눈이 의식되고,
또다시 반가운 친절이 기쁨을 주지.
기쁨과 즐거움도 곧 다녀가는 중이니
뒤에 오는 제목에도 안전한
그만큼의 용량만 즐기도록 제안해 본다.

햇빛이 고운 날이다.
언제라도 지인이 요런 증상으로 힘들어하면
다 아는 척하지 말고,
또 아주 이상한 사람 보듯 그렇게 하지 말고
그냥 따뜻하게 차나 한잔해.
그것이 누구나 다 비슷하게 겪어 내고 있다는 표현이지.

돈 욕심

돈 욕심의 중간에 서 봤니?
물론 진작에 그놈이 내 안에 있었던 건 아니지.
어느 때 지인이 돈 욕심의 중간에 서 있더라고.
이미 파도는 일기 시작하고 갈등이 타오르더니
어느 순간 바다 한가운데서 허우적거려.
그래도 그 끈을 놓지 못하더라고.
실낱같은 가망성을 부여잡고 찬란한 희망으로 미소 지어.
그래도 남의 일이니 그러려니 했어.

그런데 지금 내가 그 자리에 도착했어.
그 지인처럼 나도 애초에는 없던 그놈이야.
그놈이 내 마음에 떡하니 들어 앉았다고.
어디서 생겨나서 바람 타고, 기회 타고 내게로 왔어.
이런 생각을 했어.
누구라도 그놈을 안고 있을 때 쉽게 말하지 않기로 말이야.

쉽게 안 떨어져.

이런저런 계산도 부지런히 하고

완전 귀신에 홀린 거지.

이런 기회가 나한테만 쏟아졌다 싶잖아.

자랑도 얼른 하고 싶고

지금 계속 그놈이 활동하고 있어.

날마다 비우는 연습을 하고 있어도

우주는 이야기가 필요해.

사건이 골고루 있어야 하나 봐.

나만 피해 갈 수는 없지 뭐.

지구에 타고 있는 물체들의 이야기.

내 돈 이야기는 어떻게 결말이 날까?

돈 욕심의 한중간에 서서 기다리는 중이야.

주변에 파도가 넘실대고 나는 흔들리지.

평화를 기다리고 있어.

욕심의 대가를 치르고

반짝이는 해변가로 다다르고 싶어.

다 내려놓았다고?

그건 너무 빠른 자랑질이고

뇌 속의 잡다한 기억과 습관들이 나를 표현해 내듯이

내가 자라면서 함께 동고동락을 한

내 몸을 이루고 있는 세포 기생충 세균 피부 근육

뼈 머리카락 등등.

이런 소재들이 자동으로 움직여서

아직 못 내려놓았더라고.

이놈의 돈 욕심이 순간 안 들어왔으면

지금 만족한 평화를 누리고 있었을 거야. 빌어먹을.

기다려 봐.

이번 사건으로 무엇을 깨닫게 되나 보자.

욕망이라는 사다리

나는 그 사다리를 타고 한 단계씩 자꾸 올라가고 있어.
올라가다 바닥을 돌아보기도 했지.
재미있더라고.
옆에도 또 그 옆에도
앞서거니 뒤서거니 사다리가 보여.
더 높아진 사다리가 좋아 보이네.
나도 갈 수 있다고 스스로 말하지 충분하다고.

바람이 분다.
사다리가 흔들린다.
하나씩 내려가야겠다.
급하다.
높이 올라간 사다리들이 넘어진다.
충격이 멀어진 만큼 세다.
다치고 죽고.

야속한 바람도 멀어져 간다.
태양은 그대로 비춘다.
달라진 건 사다리를 탄 사람들이다.

땅에서 뛰놀던 아이들은 다시 뛰논다.
땅에서 기뻐하며 땀 흘리던 사람들은 여전하다.
센 바람이 오면 빠르게 피하고
지나가면 다시 하던 일을 하고
원망도 한탄도 시간이 없다.
자연의 이치에 맡긴다.

사다리가 시원찮아 고쳐가며
남들보다 천천히 올라가던 사람들이
바람에 넘어졌다.
엉덩방아를 찧었다.
넘어진 덤불에서 웃음 웃는다.
포근하고 따뜻하다.
욕망의 모양을 보았다.
사다리를 오르던 타인의 모습에서
자신을 부끄럽게 발견한다.
그리고 웃는다.
이웃이 손잡아 준다.
행복이 이미 이곳에 있었다.

걸을 땐 걷기만 해

길가는 사람들의 티셔츠에 적힌
"JUST DO IT."
운동을 하는 사람들에게 던져주는 강력한 심리 메시지.
프로든 아마추어든 이 한마디는 위로이자 명령이다.
어느덧 커다랗게 차지하고야 마는 별별 스트레스.
꼬리를 무는 걱정과 두려움에 말려들지 말고
오직 운동에 전념하라는 메시지.

어쩌면 그냥 사는 게 삶이지 싶다.
삶의 내용을 콕 집어내어 분석하지 말고
그냥 살아 보라고.
상대방과의 어떤 내용이 지금을 어렵게 하는지
그거 생각하느라고 기쁨을 놓치고 즐길 줄도 모른다.
아직 남아 있는 지난날의 찌꺼기가 지금을 방해한다.
그래도 얼마나 다행이야.

지금의 삶을 사는 것이 바로 행복인 줄 알게 됐으니.

그와 비슷한 내게 위로가 되는 또 하나의 말.
어느 날 내가
일상을 유지하기 힘들 정도의 힘든 일을 만났을 때
주문처럼 중얼거리고 있던 그 말.
"JUST KEEP SWIMMING, JUST KEEP SWIMMING."
영화『니모를 찾아서』를 보고 난 후 얻어진 메시지다.
나는 이 말이 그저 그 상황에서 힘이 된다.
벼락처럼 만난 힘든 상황에서나
여러 가지 얽힌 어려운 사연 속에서나
두려움이 소복소복 쌓일 때도 계속 중얼거린다.
그것은 멈추지 말고 숨을 계속 쉬라는 메시지로 받아들인다.
계속 숨 쉬면 몸이 알아서 지금을 살아낸다고.
숨 쉬고 지금을 살아내면 집으로 돌아올 수 있다고.
멈추지 말고 계속 헤엄쳐!
헤엄치기를 멈추지 않으면 집으로 돌아올 수 있어!
그리고 내가 만난 힘든 사연에 최선을 다한다.
무너지지 않고 변함없이 새로운 사연을 일상으로 가져온다.
달리 방법이 없다면 그야말로 그냥 살아야 하는 거 아닌가?
이왕이면 정신을 분산시키지 말고
온전히 힘든 그 사연을 받아 들여본다.
"Just keep swimming, Just keep swimming." 하면서.

저만치

내 사연이 저만치 지나가고 다시 일상이 고맙다.
가다가다 문득 돌아보면
초심에서 너무 멀어졌다.
숱하게 흩뿌려진 얕은꾀
모든 언어에 나의 이익이 모래성을 쌓는다.
물끄러미 본다.
돌아가고 싶다.
아주 작은 것들에 기쁨이 묻어 있는 곳.
다시 그 순수에 도달할 수 있을까?
그 길을 안내받으려 이렇게 돌고 돌아왔다.
감격이지
그 말들에 내 의식이 움직이니까.
발견이라고 하나.
한 발을 내딛기 위한 그 발견
이렇게 걷기로 한다.

죽음에 이르기까지 다 못다 한다 해도
걷는 그 자체가 기쁨임을
순간순간을 이어서 비우므로 걷는다.

Part 2
막바지 여행

신의 언어

신의 언어를 인간 삶에 적용시키면 오류가 생긴다.
그것은 그리 간단치가 않다.
인간의 습관은 너무 오래되고 단단하고
신의 언어도 쉽게 갖다 붙이고 뻔뻔하게 잘 산다.
마치 진리에 자신의 욕망을 덧씌우고도
아직 그 진리가 건재한다고 외치는 것처럼.

오늘 발견한 지식이
내일은 누군가의 걸음 앞에 돌부리로 등장하기도 한다.
오늘 외쳤던 좋은 방법이
오래지 않아 부끄럽게 외면당하기도 한다.
그래도 아직 좋은 건
신이 인간을 이미 잘 알고 있다는 것이다.
그럼에도 불구하고
이 단단한 습관을 빠져나오고자 한다면

자신을 이해시킬만한 거리가 속속 등장해야
한 발짝씩 움직인다.

물 위를 걷던 베드로가 한순간 방심으로 물에 가라앉을 때
주인이 끌려가는데 세 번이나 부인해야 하는 운명 앞에
스스로 무너지는 자괴감에 몸부림치지 않았을까?

운명에 기초한 습관은
커다란 사건이 지나고
무엇을 배웠는가에 따라
그 단단한 운명의 벽이 허물어지고
인간의 언어에 침묵한다.
신의 언어에 고개를 든다.
어쩌면 운명이란 인간의 시간 인간의 공간을 쳇바퀴 돌듯
본인이 갚아 나가야 하는 부채가 아닐까.
운명은 장애물 달리기에서 꼭 뛰어넘어야 하는
그 장애물인듯하다.
묵직하고 따라야 하는 듯 보이지만,
그것은 욕망에서 기초한다.

주인을 세 번이나 부인해야 했던 운명을 겪어 내고
그제야 운명을 뒤로하고 주인께로 향했듯.

그 욕망에 기초한 운명을 부숴 버리라는 그것이
신의 언어일까?
결국에는 본인이 결정해야 한다.
신의 언어는 기다린다.
그 모든 운명을 다 치르고 돌고 돌아 오던지.
하나만 겪어 내고 모든 욕망을 이해하고 오던지.

인간은 또한 욕망에 기초한 운명의 파노라마를 즐긴다.
그렇기에 그것은 단단한 습관으로 자리 잡았다.
이미 커버린 무대가 불안하기도 하다.
신의 언어를 인간 삶에 곁들여 본다.
신이 다시 말해 준다.
모든 것은 하나이며
모든 것은 사랑에 기초하며
모든 것은 비움에서 시작하며….

신의 언어가 잠깐씩 내 삶에 들어왔다고
쭈욱 이어지지는 않는다.
습관된 내 생활이 안전을 지향하고
신과의 대화는 불신으로 증명된다.
신의 언어는 보이지 않고
보이는 이익만이 나를 휩쓸고 다닌다.

그 이익과 안전을 위해 이웃들을 물리쳐야 한다.
잘 물리치고 승리를 자랑한다.
신의 은총이라고.
또 다른 곤란한 상황을 만나면 또 그렇게 한다.
결국, 욕망은 끝이 없고
기쁨 대신 우울이 주위를 감돈다.
신의 언어를 잘못 가져왔는데
그 사실을 잘 모른다.

태어나면서 이미 투쟁과 쟁취가 시작됐는데
모범을 요구하는 인간 세상에서 다른 말로 표현한다.
신의 언어는 이렇게 속삭일지도 몰라.
　'잠시 쉬면서 자신을 마주 해봐.'
　'크게 바뀌지는 않아도 잠시 쉬어 갈 수는 있잖아.'
　'현실과 마음의 차이를 인정해야
　마음 밭을 쟁기로 고를 수 있지.'
　'투쟁과 쟁취의 연속일지라도
　서로의 역할이 바뀔 때 심하게 요동치지 않도록
　중심 잘 잡으라고.'

결국, 진솔하고 부지런하게 사는 그 삶의 현장이 바로
천국이라고 알아가게 된다.

호기심이 넘쳐난다

자신의 생각을 바라보라 한다.
마음의 움직임을 그저 바라보라 한다.
화난 내 모양을 잠시 발견하란다.
자아를 보는 것으로도 조용해진다고 한다.
생각을, 마음을, 자아를 꺼내 놓고 마주 봐야 되나.
혼란이 온다.
호기심은 답이 아니래도
이해는 하도록 해준다.
시간이 좀 걸려도 언제인가 문득
'아하, 이게 그런 뜻이구나!' 한다.

그러니까 그 에고라고 하는 놈이
과거와 미래를 좋아한다고 하네.
현재 하고는 궁합이 안 맞나 봐.
그래서 늘 지나간 행동에 태클을 걸고

그래서 늘 오지도 않은 미래를 늘어놓고 두렵다 못해
공포를 쏘아 댔구나.
이해가 착 하고 반짝이니 할 수 있을 것 같다.
현재를 잘 사용하면 성공한다고 했던 말이 맞네.
재잘거리는 놈이 사라지면 집중할 수 있고
그러면 뭐든 잘 해낼 수 있지.

그런데
과거 현재 미래 이것도 궁금해.
과거와 미래는 정의가 쉽지.
현재는 어디에 있냐고?
그래서 시간으로 구분 짓는 것도 온전하지는 않아.
숫자로 해도 1초 전과 후
이것이 미래와 과거밖에 없잖아.
그 사이에 얼마의 시간이 현재에 속하냐고.
눈 깜짝할 사이에 이미 과거가 되는데.
오늘 하루 종일만 현재라고 할 수도 없지 뭐.

궁금해서 물리학자의 견해를 봤어.
『시간은 흐르지 않는다』의 카를로 로벨리는
시간은 단지 물질들이 만들어내는 사건들 간의 관계라고 하네.
이 말은 에고가 왜 과거와 미래의 사건들을 먹이로 쓰는지

어렴풋이 이해의 문을 조금 열어 주는 듯해.

과거라고 하는 시간 속에 있는 사건.

미래라고 하는 시간 속에 있을듯한 사건.

에고의 속삭임은 오직 과거와 미래의 사건.

그러니까 사건이 중요하네.

그러니까 사건이 먼저고 시간은 그 사건의 정리를 위해

만들었을지도 몰라.

만약 시간을 외면해 버리면 사건만 남는다는 것.

지나간 사건과 올 것 같은 사건에서 헤매는 동안

현재는 그저 지나간다.

의식을 집중해서 열공할 때는 마음이 방해를 안 한대.

중요한 건 의식의 집중이네.

지천명

오십을 넘어가면 '지천명' 이런 말 쓰잖아.

하늘의 뜻을 아는 나이가 된 거라고.

사실 이때 인생 별거 아니라고 생각할 수도 있고.

지금까지 살아온 나침반들이 궁금하기도 하고.

여러 가지 모양으로 좀 흔들리지.

나는 반항이 좀 생기더라고.

원수를 왜 사랑해야 하냐고.

그게 그리 쉽게 되냐고.

그러면 얼마후 문득 사연이 생겨.

　'원수를 왜 사랑해야 하는가?'

　'너 편하라고.'

궁금했던 내용에 정답은 아니라 해도

충분히 시원한 대답을 내가 만난 사연에서 발견했지.

원수를 용서하고 사랑하는 방법은 적절하게 사용해

내가 편해야 살맛이 나는 거 알았으니까.

오래도록 그 원수 생각하는 거 당연히 없어졌지.

또 하나
일곱 번씩 일흔 번이라도 용서하라고?
그게 쉽냐고요.
이것도 내가 겪어 낸 사연 중에 이해가 되더라고.
순식간에 덮어 버리고 깨끗한 척하고 싶은
그런 나에게 욕망과 질투의 내용을 들춰냈어.
그 욕망과 질투의 한중간에선 그 날.
쉽게 포기하기 어려운 그 날.
내 안에서 다른 사람들을 봤어.
똑같아.
누구든 이런 시절이 찾아오면
꼼짝없이 겪어 내야 하는구나.
그래서 자꾸 용서하라고 했구나.
궁금한 것들이 생활 속에서 이해가 되니까.
무작정 하라고 하는 것보다
쉽더라고.
그러니까 주입식 교육이 안 먹혀.
'자기주도학습', 뭐 이런 말 나왔잖아.
우린 이미 때가 지났으니
지금까지 살아온 것으로

삶의 현장에서 자기주도학습 해보는 거야.

이런 재미가 지천명의 세월을 만난 우리들의 자유로움이지.
본래 존재했던 것처럼 느껴지는
모든 말에 의문과 호기심을 가지고 사는 거.
언제부터 생겨났는지.
그 말이 생겨날 때
그 사회는 어땠는지.
그리고 지금 그 말의 힘이 나를 짓눌러도
당연하다고 해야 하는지
이제는 알고 싶은 거다.

조금 센 궁금증도 생겼다.
먹이사슬에 대해서 말이다.
이게 아름답다고 생각하냐고.
먹고 먹히는 자연의 섭리에 나는 잔인하다는 말이 떠올랐어.
전에는 습관처럼 "다 그런 거야", "대 자연의 경의지."
이런 말이 나왔는데,
오늘은 잔인하다는 말이 나와.
삶이 어느 순간 힘겹게 눌러.
본래 삶이란 무엇을 먹어야 이어지는 건 사실이고.
먹기 위해 먹잇감을 죽여야 된다.

먹히는 쪽은 고통이고
먹은 자는 잠시 편안하고.
우주의 법칙이라지만
생각의 동물인 인간은
이런 생각, 저런 생각이 드네.

인간 세상

사람이 그 사회를 바탕으로 만든
규율들은 변해야 사람에게 이롭다.
사람을 상대로 하는 모든 좋은 것들도 변한다.
한 세대가 지남에 따라 변하는 속도가
빠르게 흘러가는 지금이다.

어쩌면 마음을 달래 주는
멋진 말들도 변할 수 있다.
이런 변화를 오늘 아침 새삼 느끼는 내용은
보이는 어떤 것이든지 집착을 하면
그것이 우상이 아닐까 이런 내용이다.
그저 흘러야 하는데
붙잡아 놓고 먹이를 대주고 키워 놓으면
커다란 재앙을 몰고 오는 우상이 왜 안 되겠는가?
그 대상이 선망의 대상이라서 날마다 섬기게 되던지

그 대상이 원수라서 날마다 곱씹으며 괴물을 만들어 놓던지.
빼앗긴 내 마음은 매한가지인걸.

마음이 한 대목에 너무 깊숙이 자리를 내주면
변화를 받아들이기가 얼마나 힘이 들까?
그러니 변하지 않고 버틴다.
오래전에 감동받은 그 내용으로 밀어붙인다.
꼰대가 된다.

오래된 진리보다 중요한 것이
내가 오늘 살아가는 이유 아닐까?
왜냐하면, 우리는 인간이니까.
만약 신이 있어 당장 다른 세상으로의 결단을 요구한다면
이렇게 여쭈리라.
   "이미 인간 세상의 판이 너무 커졌어요.
   이 판에서 인간으로 살아갈래요."
존경받는 신이라면
사람이 사람으로 살아가는 그 길을
좀 더 쉽게 해주려 하시겠지.

궁금한 내용이 날마다 일어나서
해답에 가까운 언어들을 바람이 전달해주듯 그렇게 한다.

삶이 던져주는 질문과
삶이 던져주는 대답 속에
삶의 길을 걸어야 하는 이치를 스스로 만난다.

가 을

우리 곁에서 떠나며 하신 그 말씀
  "서로 사랑하세요."
김수환 추기경님의 마지막 부탁.
왜 이 말은 가을에만 생각날까요?
법정스님이 전해준 '아름다운 마무리'는
왜 가을에만 스치게 되나요?
그래도 삶 속에 영글어가는 우리를 보고
기특하다 하시겠지요.
뜨거운 여름도 지냈고
추운 겨울을 걱정하는 일상의 삶 속에
우리는 치열하기도 하니까요.

가을을 만나기가 참 어렵습니다.
그 사랑 안에 머무는 가을 말입니다.
때로는 물에 빨려 들어가고

때로는 주인을 부인하고
내 안전을 먼저 챙깁니다.
주인은 마음을 비우고 가볍게 해서
천국을 보라 하지만
그곳은 죽어서나 가는 곳으로 해석합니다.

가을에는 먼저 가신 님들이 떠오릅니다.
곁에서 묵묵히 응원해 주시던 님들이 생각납니다.
당부하신 말씀도 당연히 생각납니다.
거기서 더 이상 진행이 보이지 않습니다.
속세라고 하나요?
발목을 잡히고 있습니다.
육신이 된 많은 사람이 살아야 합니다.
사랑해서 싸우는 건지
싸우다 보니 사랑하게 되는 건지
하여간 우리는 눈만 뜨면 상대를 찾습니다.
님들은 한숨과 함께 스치곤 합니다.
가을에는 더 자주 말입니다.

진흙탕에 빠졌습니다.
부끄럽고 두려워 벗어나고 싶습니다.
듣기 좋은 아름다운 말을 하는 사람들이 손짓합니다.

깨끗해 보입니다.

나도 깨끗해 보이고 싶어집니다.

더 많은 아름다운 말들을 쏟아내 봅니다.

내 진흙탕이 다 어디 가고 보기 좋은 상품이 된듯합니다.

지나가다 진흙탕에 빠진 이웃을 보고 놀랍니다.

어쩌다 저렇게 됐을까?

다음 가을에는 님들이 보이지 않을지도 모릅니다.

내려놓았다고?

내려놓으라 했다고 그리했다.

그러나 오직 그 말대로 그냥 내려놓았을 뿐이다.

말로 표현하는 순간 말에만 의식이 머문다.

얼마후 기회가 왔다.

머릿속은 이미 계산에 돌입했다.

어찌하면 이익이 더 많이 나는지

이미 내려놓았던 그것을 다시 주웠다.

내려놓고 필요할 땐 얼른 주우라고 했나.

평상시 무거우니 고이 내려놓았다가

기회가 오거든 슬그머니 다시 챙기라고.

그 단단한 습성은 저절로 움직인다.

다 챙기고 아직 매달린 무거운 것을 발견한다.

다시 내려놓고 외친다.

다른 사람들도 이렇게 내려놓으라고.

인간의 입으로 신의 언어를 전달함이 두렵다.
그 수수께끼 같은 낙원에 관한 이야기도
이루고자 하는 꿈에 관한 이야기도
신의 언어와 인간의 언어는 차이가 있다.

지구라는 방주

내 몸속은 작은 지구다.
수많은 생명이 기생하고 있다.
충이기도 하고 세균, 세포이기도 하다.
좋은 놈도 있고, 나쁜 놈도 있다.
다 같이 열심히 살고 있다.
각자 하는 일이 다르니 서로 별종이라 하겠지.

또 하나는 아주 큰 지구
내 몸속 별종처럼 여기도 어마어마하다.
내 몸속에 있는 균들의 먹거리처럼
여기도 먹거리가 어마어마하다.
좋은 놈도 있고, 나쁜 놈도 있다.
그래도 내가 움직이면
내 몸속 모두가 하나로 움직이듯
커다란 지구가 움직이면 모두가 하나로 움직인다.

그래서 지구가 궁금할 때면
내 몸속 살아 있는 하나하나들을 불러본다.
지구에 매달린 별종인 우리들은
결국 하나다.
내 몸속의 세포들 세균들 또 여러 충을
좋은 비율로 각 처소에 두어야 좋듯이.
하나의 지구에 붙어있는 모든 것이
제 할 일을 해야 그 주인은 흐뭇하다.
각자의 입장에서 보면 좋고 나쁨이 보이지만
주인의 입장에서는 그저 그 역할을 번갈아 가며
할 뿐인 것으로 보일지도 모르지.

터 널

아직 끝나지 않은 내 숙제를 안고 있어.

그 돈 욕심 말이야.

뻔히 보이는 그 욕심을 포장해서 말하고 싶지는 않아.

정확히 어두운 터널 어드메쯤 있어, 내가.

순수도, 지나침도 아닌 보통으로 있어 보는 거야.

일단 지나침을 바꾸니 내 모습이 보이는 거야.

누구나 터널을 만나듯

나도 지금 그 안에서 하늘이 보이는 그 끝을 기다려.

얼마나 걸리게 될지는 알 수 없지.

보통으로만 돌아와도 불안하지는 않아.

터널이 끝나는 날

활짝 웃게 될지,

잃어버린 내 보따리를 아쉬워할지,

아니면 몸이 엉망이 됐을지,

살아 있는 것으로 삶의 이치를 읽을 수 있게 될지.

하여간 터널의 경험만으로도

또 하나의 이야기가 될 것은 분명해.

이제는 그 이야기에

진실을 담아내고 싶어.

그리고 다른 사람들에게 말하지 않을 거야.

욕심 좀 버리라는 그런 말.

본인이 다 겪어내야 하더라고.

욕심의 제목

돈 욕심의 중간쯤에 있어 지금.
바퀴 달린 욕심 덩어리가 막 굴러갈 때
몸이 피곤한 증상이 나타나고 있어.
잠시 멈춰 섰어.

한 2년이 지났나?
다른 내용이지만 진한 욕심 하나가 충만했지.
그때도 지금처럼 간절했었어.
내 생에 가장 중요한 것 같았어.
이것만 잘 지나간다면 다른 모든 건 참아 낼 것 같았어.
그리고 늘 감사하게 될 것 같았어.
웃음이 난다.
지금도 얼마나 감사한 내용인지 잘 알면서
그토록 나한테 행운이 있기를 그렇게도 바라고 있었나.
늘 잘 채워지니 이번에도 당연히 내 것이어야 된다고

그렇게 믿고 있었나 보다.

지나간 시간들이 조금씩 나를 둘러싸고 있어.
그래도 세포들이 알아서 움직여 주고 있지만
많은 공간에 이미 평화가 들어서고 있어.
준비된 몽우리가 꽃을 피우게 된
그 이야기가 귓속말로 전해 주네.
언제 그 욕망이 끝이 나냐고
부끄럽다고 대답하고 있어.
지금 이 처지가 이번에 경험하게 되는
끝없는 욕망이라는 제목이 되겠지.
이런 중에 살짝 스치는 메시지가 하나 있어.
지금 만난 사연이 모두의 관심 제목이라면
결국 그것을 차지한 내가 부러움의 대상이겠지.
현자는 이미 알고 있다.
그것은 영원하지 않다고.
인간의 언어로만 은총일 수도 있으니까.
그리고
내 돈 욕심은 나를 비굴한 느낌이 팍팍 들도록 만들어 놓고야
가라앉아 가고 있어.

진하게 웃었어.

저절로 옮겨가는 마음의 방향을 막으려 하지도 않았어.

너무 세게 휩쓸리더라고.

조금 더 내 것이 될 수 있는 그 돈을 따라

회오리바람 그 한중간에 어느덧 내가 있었어.

간간이 '이래서 삶을 경험하라 했나?

남들도 용서하고 또 이해하라고.'

그런 생각이 스치더라고.

내가 부끄러운 그만큼 남의 실수를 기억하지 말라고.

그래서 어떻게 됐냐고?

그 내용을 말하자면 이래.

긴 세월 여행길에서의 보금자리이고,

나그네 길의 안식처가 되었던 집.

정든 내 집을 팔려고 마음먹은 때.

먼 곳으로 옮겨가야 하는 시점.

그때부터 욕심이 커지더니

마음에 분란이 시작되고 있었어.

사실 다음 정착해야 할 곳으로의 이동이 좀 더 편안하려면

받을 수 있는 금액에 순조롭게 팔리면 좋지.

그러나

사려는 사람들이 내미는 돈이 다르잖아.

특별히 정이 많이 든 내 거처를 누군가 좋아하는데
거부할 수는 없더라고.
내 돈이 순식간에 날아가는 소리가 들려. (그게 왜 내 돈이니?)
몇 달간 마음속은 전쟁이 났지.
합리화하고, 채찍질하고를 번갈아 하더라고.
번뇌의 한중간에 놓여 있는 나를 그냥 봤어.
욕심을 버리는 게 어려우니 남들에게 쉽게 말하지 않기로.
다짐도 빠지지 않고 했다.
이 순간이 지나더라도 그건 욕심이 아니라고 하지 않으리라.

욕심을 쌓아 올린 높이 만큼
초라하고 비굴해진 나를 일으켜 웃어보기로 했어.
본래 내 모습을 잠간 마주했지.
세련되고 싶은 아이가 서 있어.
부끄러웠나 봐.
그냥 비굴한 모습을 낯설어 하지 않으려 해.
그게 나야.
그 모습을 다정하게 쓰다듬고 있어.
언제든지 남을 비판했을 때
언제든지 남을 평가했을 때
언제든지 남을 업신여겼을 때
그 제목의 사연이 내 주위를 둘러싸고 말장난을 할 때

내 사연이 그저 지나간 것을 기억해야 할 거야.
다만 내가 그런 시험의 시절을 또다시 만나지 않은 것,
그것을 감사해야 하는 것뿐이라고.
인간의 종류가 층층이 다른 색깔을 보여도
그냥 인간일 뿐이라고.
바닥부터 높은 곳에 이르기까지
다 겪어 봐야 우리는 하나라고 알게 될까?
문득문득 이것이 진리인가 느껴지는 표현들이
스쳐 지나간다.
그냥 스쳐 지나가도록 이제는 내버려 둔다.

이것도 지나가고
저것도 지나가게 하라.
마음이 비어 있으면 잘 지나간다.

공허함

이제 우주여행이 쉬워지는 시대가 오면
우리가 습관처럼 알고 있던
나만의 울타리가 스스로 걷히는 메시지도
더 쉽게 만나게 되겠지.
한눈에 보이는 지구에
세밀하게 구분 지어진 사연이
그리 중요하지 않다고.
언제부터 생겨났는지
그 '시간'이라는 것도
살기 편리하게 만들어진 내용이겠지.
모든 규범이 필요했던 그런 때도 있었고,
그 생겨난 연유에
생각지도 못했던 다툼의 소지가 되기도 하지.

불변이라는 말은 무용지물이 되고

새로운 것은 또 다른 새로운 것들에 자리를 내주게 되는 이치.
그럼에도 불구하고
모든 것이 연결된
결국에는 하나의 지구가 있을 뿐이라는
이 사실을 눈으로 보면서
아하, 속았다는 웃음이 절로 날까.
우리 모두는 지구라는 낙원에 소풍와서
울고 웃고 지지고 볶았을 뿐이라고.

동 지

이제 졸업할 때도 된 거 같은데
내 갱년기 말이야.
주요 증상은 희미해져 고마운데
내 맘대로 판단하고
남편과 아들에게 친절하기를 촉구한다.
서로 친구 하기로 했는데
일방적 요구를 해댄다.
이웃들에게도 속마음 잣대가 여전히 힘을 쓴다.
잘못 이해하고 의심하고 그렇게 이어간다.
꼬투리 보이면 좀 길게 되씹어 보기도 하고
그런 내 마음을 본다.

그래도 좋은 습관이
과한 내 갱년기를 줄여 준다고 느낀다.
실수를 했으면

바로 잡으려 여러 사람 헷갈리게 할 것 없이
미움받을 용기로 피식 웃는 여유.
열 길 알 수 없는 사람의 마음을
내 쪽으로 돌려놓으려 하는
그런 수고는 쉬이 멀어지고 있다.

욕망이 시작되는 계절에는
그것이 진정
나를 위한 욕망인지
타인에 의한 욕망인지
시간 들여 살펴보기도 한다.
갱년기에 습관 들이기를 놓치면
죽을 때까지 얼마나 많은 사람을
피곤하게 만들어 놓을까.
오늘도 숙제를 열심히 하는 이유다.

이런 때 늘 조용한 친구 하나 떠오르는 건 축복이다.
그녀와는 보이지 않는 마음의 화려한 외출을 이야기할 수 있다.
같은 곳을 바라보면 참 좋은 그런 느낌이 든다.
우리는 남겨진 숙제와 지금 상태에 대해 서로 조용히
마음을 본다.
때로는 뒤엉키고 복잡해도 웃는 여유가 생겼다.

같은 기도를 하는 모임처럼
욕심 채우는 내 모습도
비교하는 내 모습도
욕망 그대로를 바라보는
그 마음이 휘젓고 다니는
초라한 지금을 궁금해하는
그런 만남.

마음의 소란이 비슷함을 인정하고
같은 곳을 바라보며
가벼워지고자 하는
내 조용한 동지.
오늘도 살짝 그녀가 스친다.
자신의 자리에서 분주해도
그냥 그 존재로 고맙다.

그게 나야

매 순간 누구이고 싶은가?
매 순간 누구에게 보이고 싶은가?
매 순간 보이는 나가 그렇게도 중요한가?
내가 나를 심판한다.
이게 나라니
조용하고 차분한
조금 내려놓은 듯
그런 거 아니었나.

지금 들쑤셔져 있는 마음은 누구의 것인가?
빨리 정리해서 누구에게 점검받아야 되는가?
혼란이 왔다.
이렇게 알아보는 것으로
이 경험을 지켜보는 것으로
하던 일을 계속하고 있는 것으로

지금을 본다.

그리고 외친다.
충분히 삶에 빠져 보자고.
힘든 시간이지만
볼품없다고 숨기지 말고
그대로 만나보자고.
내 삶의 한 부분이고,
멀어진 내가 아니라고.
부끄러움도 중요한 쓰임이 있을 거라고.
다들 그렇게 살아간다고 그냥 지나치고 싶지는 않아.
마음이 다시 나를 공격하기 전에
밝게 비추어
추한 것도 나라고 말해 준다.

내려놓은 그 욕심
다시 집어 든 것이
지금의 나라고 말한다.
추한 모습 숨기려고
빠르게 숨을 몰아쉬었더니
내 정신이 더 엉망이 되었다고.
거짓된 나를 누구에게 보이려고

지금을 엉망으로 만드냐고 되묻는다.
마음이 잠시 주춤해진다.

누구에게 보이려고 지금 내 심장이 이렇게 급하니?
너무 힘들어.
봐줄 누구도 없어.
가끔씩 맘에 안 들어도
있는 그대로 겪어 낼 거야.
때로는 추해도
그게 살아가는 이유야.

다시 건져진 욕망에 이야기 하나 더 붙여 준다.
누구든 욕망 한가운데 있거든
비난하지 말고
기도해 주라고.
내가 거부한
내가 아니라고 한
숨겨진 누추한 번뇌 하나가
내 안에서 논다.
그것도 나임을 인정해야
밖에서 만나도 인사하고 그냥 지나칠 수 있다.
오늘 만난 고통이 말해 준다.
고맙다.

착한 오해

어디서부터 잘못됐을까?
왜 잘못됐다고 느끼는 걸까?
매 순간 나를 찾아 확인하는 습관은
이대로 좋은가?
나는 늘 착해야 하고
나는 늘 오해받지 말아야 하고
나는 늘 진실을 이웃해야 하고
나는 늘 미움받지 말아야 하고
나는 늘 인정받고
나는 욕망과 질투와는 멀리 떨어져
차분하고 고요한
햇살 드는 그곳에 차 한잔을 마주하고
여유 있는 미소가 머물도록 해 놓은
한 폭의 그림에 주인공으로 있고 싶은가?
착각도 가지가지 한다.

어떤 사연이든 솟아날 수 있고
어떤 사건이든 순식간에 등장하는데
좋은 내용이 아니라고 벽을 쌓아 버린다.
낙원의 주인은 피하지 않는다.
결국, 나는 도망쳐 더 높은 벽을 친다.
주인의 목소리가 멀어져 간다.
돈이 생기고 멋진 물건들이 보인다.
자꾸만 세련된 나만의 보금자리가 눈에 들어온다.
내가 쌓은 벽은 커다란 성이 되었다.
그 성안에는 보기 좋은 것들만 가득하다.
한층 지적이고 고결하고
낙원과 다른 주인을 중간에 세운다.
그럴듯하다.

아주 오랜 시간 동안 여물어온
옛날은 그야말로 옛날이야기가 됐다.
그 옛날이야기는 동화 속의 이야기로 변했다.
낙원의 주인이 기다린다.
언젠가는 돌아오겠지.
하지만 습관이 남아 있다.
저절로 낙원을 거부한다.
나는 예쁘고 착한데,

거칠고 감추지 않은 타인들과 세상이 거북하다.

낙원의 주인이 본다.

'꼭 죽을 때라야 정신 차리겠니?'

'너의 시간은 지나갔어도 본래 시간은 존재하지 않았다.'

'걱정하지 마라, 추한 욕망도 착함도 넉넉하게 담을 수 있는 너야.'

돈 이야기의 결말

몇 달간의 돈에 대한 욕심이 정리가 되고 있다.
얻어진 것이 있으면 나눠 주기로 했냐고?
아니지, 내가 먹을 건 남겨 두기로 했지.
그러나 정리가 되는 과정에서 내 욕망의 한계를 봤어.
떡 줄 사람은 없는데, 떡을 기대하고 있었어.
언제나 희망하는 건 상대방과 상관이 없잖아.
상대방이 내 희망과 반대로 가도 어쩌겠냐고.
그런 사실을 느리지만 인정하기로 했다.
정리가 된 건 내가 편안하게 되고 그 뒤였어.
기대보다 작은 모양으로 내게 왔지만
만족하고 기뻤지.
그래도 욕심 버렸다고 말하지 않을 거야.
그건 틀린 말이야.

이 사회에 젖어 살면서

차곡히 쌓인 두려움이

아주 조금씩 벗겨질 그때까지.

내가 써야 하는 몫은 남겨야지.

그리고 미소를 만났어.

욕심의 중간에 있는 나를 지켜봤고,

내 것 남겨 두고픈 미래에 대한 행동도 봤어.

이러고 있는 나를 그냥 알아챈 거지.

내가 이번 욕심의 중간에서

내 마음을 확인하고 싶었던 것말이야.

그건 이 순간이 지나면

거짓으로 나를 포장할까 봐 나 자신에게 인식시킨 거야.

누구든 번뇌의 소용돌이에 휘말리게 되잖아.

그리고 지나면 아름다운 말로 포장하고,

다른 사람들에게 욕심 버리라고 쉽게 말해.

심하게 손가락질도 하고.

박박 우기는 내 모습이 멀리 작아지고 있다.

내가 욕심을 또 내야 하는 상황이 안 오면 좋겠어.

그 상황이 참 싫더라고.

그건 이웃들의 욕심의 순간도 지나가길 기다릴 수 있겠다는

그런 미소가 나타나기도 한 거고.

내려놓는 것도 자신에게 부탁을 해야 하나 봐.

긴 세월 나를 맡겨 놓은 그.

그 마음에게 말이야.

　'미안해, 너무 무거워.

　이번에 만난 돈 욕심 말이야.

　그거 때문에 힘이 드네.'

그리고 우리는 마주 본다.

느슨해진 마음에 내 경험이 속삭인다.

자신의 욕망을 채우기 위해 거친 숨을 몰아쉬며

허우적거릴 적에 자신을 인정해야 작은 교만에도 알아챈다.

욕망의 때를 빨리 지나서 아름다운 말로 포장하고 나면

타인의 욕망만 보인다.

내 욕망의 시절을 지났으니 다시 돌을 집어 들게 될지도 몰라.

사실은 이런 행동이 가장 부끄러운 게 아닐까?

잊힐 용기

그 책의 제목만으로도 넉넉히 이해가 되고 고마운
그런 책이 있다.
『미움받을 용기』
이 말이 내 마음을 서서히 녹여 주기도 하고
이웃들에게서 날카로운 눈총이 느껴질 때
나를 쓰담쓰담할 수 있는 여유도 얻는다.
그렇게 여러 가지 방법으로 솟구치는 에고를
달래고 얼러서
지는 해를 내 모습으로 놓는다.

말에는 오해가 묻어 있고
행동에는 보는 사람의 기분이 묻어 있어서
상대방의 마음을 긍정으로 유지하기가 쉽지 않다.
조금 친한 그런 사이라면 더 신경 쓰인다.
부디 기대하지 말기를.

계속 쭈욱 친하게 지내기를 말이다.
욕심 없으면 자유롭고, 미움받을 용기가 있으면
매력이 보인다.

내가 특별해 보이려고 노력할 때마다 스트레스가 온다.
아름답기 그지없는 저녁노을에서
사라지는 넉넉함을 이해시킨다.
자꾸만 떠오르려고 고개를 내미는 에고는
여러 가지 만족이 덜된 대목이 있나 보다.
다시 한 번 자신의 존재를 확인하고 싶은 거야.
다시 한 번 떠오르는 태양이고 싶은 거야.

모든 이웃들에게 고한다.
넘치게 받았노라고.
에고에게 고한다.
수고했다고.
새로운 날들에는 더 가벼우리.
그 가벼움으로 익숙해지겠지.
쌓아 두지 말고 날마다 잊히는 연습을 하자.
타인에게든, 자아에게든
얼마나 멋지게 기억되려 애썼는가?
나를 좀 알아 달라고

나를 좀 인정해 달라고.
사실 잊히는 건 선물이야.
우리 그렇게 잊히는 연습을 하자.

코로나 19

세상이 발칵 뒤집혔다.
어떻게 탄생했는지 너의 출현으로 인간이라는 영장은
길을 잃었다.
묘한 소식도 들려 온다.
연령이 어릴수록 그 증상이 약하단다.
고령과 지병이 있는 사람들에게는 그놈이 더 세단다.
벌써 몇 달이 지나고 있는데 공포는 늘어만 간다.
간간이 용기 내어 발표하는 목소리도 있다.
아마 인간들과 같이 살아가게 될 것 같단다, 그놈이.
독감처럼 말이다.

언제나 듣기 좋고 아름다운 말로
이 사회를 진단하고 부추기고 그러면 좋을 것 같지만,
냉철한 언어들이 부풀려진 공포를 덜어주기도 한다.
지금은 코로나보다 공포가 우울을 낳는다.

그리고 언제나 판도는 뒤집힐 수 있다.
지금 겪어 내는 수고가 언젠가는 밑거름이 되리라.
더 센 놈이 나타나지 않을 거라는 보장이 없으니까.

마음 단단히 먹어.
알았어, 그런다고 단단히 먹어지는 게 아니다.
그것이 참 어렵다. 마음 단단히 먹기가 말이다.
건강이 먼저냐, 돈이 먼저냐 하면
언제나 건강이 먼저라는 의견이 더 높다.
그러면 육신의 건강이 먼저냐, 정신의 건강이 먼저냐 하면
건강하면 육신의 건강을 말하는 거 아니냐고 할 수도 있다.
코로나와 1년 가까이 지내다 보니 세계의 소식이 온통 그놈
이야기가 됐다.
마음 가는 대로 예측해 보기도 하고 미래를 점쳐 보기도 한다.
어느 때는 알 수 없는 공포가 살짝 스치기도 하고,
별일 없다가도 그놈 이야기가 너무 길어 별일이 생긴다.
내게 생기는 별일을 따라가 본다.

움직일 수 있는 한 움직여 보자.
아무것도 안 하면 아무 일도 안 생긴다.
가만히 있어서 평화로우면 그리하겠지만,
청년의 새벽을 맞이하려 일어나 본다.

당연히 두려움과 안락에 대한 미련이 나를 당기지.

움직이고자 할 때 용기가 생긴다.

모험에 따르는 마음가짐도 다르다.

어느 대목은 놓아야 하고, 어느 대목은 목표가 되기도 한다.

그 목표는 언제든 놓을 수 있어야 하고,

가벼워야 쉽게 버릴 수 있다.

가만히 있어서 생기는 공포에 비하면

움직여서 채비를 할 때가 훨씬 더 가볍다.

내 성향이다.

그래서 이동을 한다.

코로나로 생겨난 온갖 룰을 지키면서

모험을 하기로 한다.

이제 기나긴 여행에 종착지는

처음 떠났던 그곳이 되겠지.

코로나는 역사에 기록될 변혁의 한 대목일 거야.

일상이 무너지고 파괴되고

그러면서 다른 세기를 맞게 될까?

지금까지와는 조금 다른 길.

재물과 육신의 건강을 저울질했다면,

이제는 육신의 건강이냐 정신의 건강이냐를 두고

선택을 해야 할지도 몰라.

시대가 그것을 요구해 오면 휩쓸리는 게 인간이고,
변하지 않을 것 같은 일상도 변하게 되니까 말이다.
코로나 시대에 마음 단단히 먹는 거, 그래서 연습하는 중이야.

어차피 우리는 누구나 죽어.
언제인지는 아무도 모르지.
그러면 두려움과 공포 속에서 죽는 게 좋겠냐,
아니면 조금이라도 평화로운 가운데 죽는 게 좋겠냐 이거야.
말은 아주 쉽지.
누구도 도와줄 수 없는 영역일지도 몰라.
천국이 마음에 있다고 말해줘도 다른 곳에서 찾잖아.
잘난 것 같지만 형편없는 게 인간이네.
눈에 보이지도 않는 그놈 바이러스가 무너뜨리는 세상.

지구는 색다른 질서를 요구해 온다.
우리 모두는 서로 도와야 하는 질서 앞에 있다고.
내게 허락된 자유가 너에게서 나온다고.
나만 자유로운 거 말고
너에게 도움이 돼야 나도 자유롭다고.
너를 구해야 내가 사는 이치를 강제로 가르친다.

그래도 사람들이 싸운다.

누가 코로나를 가져 왔는지.

누가 이렇게 힘들게 만들었는지.

어떻게 하면 이 시기를 잘 넘길까를 함께 고민해야 좋겠는데,

이렇게 한다.

답답하다.

사랑은 그래서 먼 이야기인가 보다.

어찌 됐든 우리는 변화의 시점에 있고,

더 요란하게 끝이 날지

더 조용하게 끝이 날지 알 수 없지만,

코로나가 우리와 함께 살게 되더라도 그 결말이

사랑으로 이어지면 좋겠다.

사랑으로 만들어진 기적이라야

울림이 크다.

병원이 돋보이다

인도에 출장 간 남편이 문제가 생겼단다.

추간판 탈출증이 재발된 거다.

출장 가기 전부터 증상이 있었지만

남편 고집이 세다.

결국, 볼일 못 끝내고 중간에 온단다.

비상이다.

여기는 홍콩이다.

병원 여기저기 알아봤다.

코로나 비상이 시작되는 2020년 2월이라 난관에 섰다.

병원에서는 인도에서 왔다고 2주 후에나 진료가 가능하단다.

한국으로 옮기려고 수소문하니 도착 후 2주 지나고

코로나 검사 후 진료가 가능하단다.

그러나 전화를 멈출 수 없다.

곳곳에 다 통화를 해본다.

해외에서 응급 시 우리나라에 전화로 상담하는 번호가 있다.

　"여기는 홍콩인데요, 남편이 디스크 재발로 못 일어나요."

　"발가락 움직여요?"

　"네, 움직여요."

　"무릎 펼 수 있어요?"

　"네, 펼 수 있어요."

　"소변 본인 느끼고 잘 봐요?"

　"네, 정상으로 봐요. 그런데 돌아누울 수도 없어요."

　"진통제 구할 수 있어요?"

　"네, 패밀리 닥터가 있어요."

　"처방할 수 있는 최고 센 거로 처방받으세요.

　똥오줌 받아내고 진통제 먹이고 일주일간 하세요.

　서서히 돌아누울 수 있으면 구급차 부르세요.

　지금 병원에 가도 수술 안 해줘요. 병원에 가도 똑같이 해요."

　'네, 지금 진통제 처방받으러 갈게요. 고맙습니다."

아니, 이 상황에 이런 천사가 또 있을까?

내 상황을 지켜보고 있는듯한 정확한 진단에 감사하고,

내 상황을 충분히 이해하고 있는 강력한 처방에 감사한다.

진통제 처방받으러 간다.

Just keep swimming, Just keep swimming….

5일쯤 지났을까? 통증이 약간 줄었나 보다.

구급차를 불렀다.

방호복을 한 구급대원 2명이 왔다.

아주 천천히 옮기고 병원으로 갔다.

구급차는 오로지 정부 병원으로 간단다.

정부 병원은 2주 코로나 관찰 후 뭐 이런 거 없다.

응급실에 왔다.

인도에서 왔으니 별도의 칸막이 설치하고 코로나 검사한다.

입원했다.

계속 방광 검사만 한단다.

젊은 의사가 오더니 보호자 필요 없단다.

면회도 오지 말고 병원에서 전화할 때만 오란다.

남편은 놀라고 나는 "이게 무슨 천국 같은 소리다냐?" 한다.

병원이라는 곳이 이렇게 편안한 곳인 줄 오늘 최고 많이 느낀다.

집으로 돌아가는 발걸음이 날아갈 듯 가볍다.

어이 남편, 바이바이.

Just keep swimming, Just keep swimming….

한국 해외 응급전화에 전화했다.

며칠 전에 통화했던 선생님이 너무 고마워 전화했다고 하니

대신 전해 준다고 한다.

아마 그때 내 목소리가 불안해서 확실하게 해주고 싶었던

그분의 마음이 전해진다.

며칠이 지났을까.

퇴원할 수 있단다.

겨우 화장실만 갈 수 있지만 물리치료 받으면 좋아진다고 한다.

남편은 화장실 가는 것만으로 새로운 세상을 만난 것 같단다.

수술보다는 물리치료를 권한다.

우리는 다시 웃고 있다.

Just keep swimming, Just keep swimming….

얼마나 더 기다려야 하나

사회 곳곳에서 외침이 들려 온다.
길이 어디에 있냐고
올바른 길을 우리가 선택했냐고.
지구촌 곳곳이 비슷한 길로 가고는 있지만
비슷한 두려움과 아리송한 소식에 몸서리친다.
걱정하다가 습관으로 살다가를 반복하면서
그냥 내 방식대로 살고 싶은 마음도 생긴다.
방황과 새로운 방식이 습관이 되면서
나름대로 삶의 지혜도 보인다.

그래도 왠지 답답함은 끝이 보이지 않기 때문이다.
권투 선수가 링 위에서 너무 오랫동안 결말이 나지 않을 때.
축구선수들이 열심히는 하는데
아무도 골을 못 넣었을 때.
관객들은 온몸이 뻐근하다.

하물며 보이지도 않는 놈과 보이는 놈의 싸움은

보이는 놈이 불리하지.

그래서 "이거 실화냐?" 하는 이들도 있나 보다.

그래서 이렇게 길게 가나 보다.

이런 혼란이 있을 때 정신 차리자.

불안과 두려움이 엄습할 때 마음 다독이자.

훗날 어떤 결말이 날 때

고생한 오늘을 기억하자.

우리는 코로나 19 아주 진하게 겪었노라고.

추 적

오래도록 정말 오래도록 그 발견을 하느라 애썼던
현자들은 쉬웠을까?
좀 떨어져서 나를 보고 이웃을 보고 나라를 보고,
더 멀리 지구 밖에서 지구를 보는 것도 말이지.
그래서 아주 먼 훗날도 예측이 가능했을 거야.
이미 다 알아버렸으니까.
가증스러운 마음의 변화를 말이다.
날로 날로 발전하는 그 속도를 계산할 수도 있었겠지.
그것은 한계가 없고 점차 짜릿한 쾌감을 쫓아 내달린다고.
얼마나 달콤한지, 속아 넘어가기가 얼마나 쉬운지.
이제 그 예고편이 조금씩 느껴지고 있는데,
그래서 예방하려고 바빠지고 있어.

그것은 순식간에 막아지는 그런 것이 아니어서 걱정이다.
이미 멀리까지 그 달콤한 재미로 와 버려서

습관이 됐고 일상이 되고 있어
자신의 내면을 들여다볼 줄 모른다.
배우려 해도 너무나 멀어
엄두가 생겨나도 그 고요하고 심심함에
질리게 되기도 한다.
아무리 그 너머에 순수한 기쁨이 있다고 해도
인간 세상의 짜릿함이 몸뚱이 곳곳에 고루 퍼져 있다.
그래서 그런 예고가 있었구나.
아무리 가르쳐줘도 삐딱하게 개인의 잇속을 챙겨야 하고
다른 길을 교묘하게 만들어 반듯하게 놓아두고
그 길로 안내한다.
진리라고 하면서.

이제는 자신과의 거래를 해야 하는 때라는 사실을
인정하기에 좀 더 쉬운 시대에 우리가 당도했다.
도무지 알 수 없어 그저 이름 붙여 주는 대로 사용하고
습관이 되고 긴 세월, 그렇게 살아 왔다.
두려움과 공포로 다가오기도 하고,
자연스레 산타 할아버지를 이웃하고 사는
선택받은 삶을 경험하고 성장을 하기도 한다.

그러는 중에도 마음이라는 친구는

또 다른 형태의 놀이를 준비한다.
초라하면 초라한 그대로
화려하면 화려한 그대로
맞춤 서비스를 늘 제공한다.
늘 거기서 때로는 천방지축
때로는 잘 짜인 각본을 제시한다.
그것을 따라가면
언젠가는 운전대를 잡고 자기 맘대로 간다.

그래, 그 마음을 만나라고.
오래도록 기다리고 있었던 오직 너의 하나.
그 마음이 거기 있었다고.

마음의 계산은 끝나지 않았다.
용서하라고.
사랑하라고.
그래, 그래야지.
응하는 것도 마음이다.
커다란 용서와 사랑을 경험한다.
신의 은총이 온 세상에 퍼지기를 허락한다.
영원할 것 같다고?
잠자기 전 마음이 다시 기지개를 켜고 일거리를 찾는다.

은총의 끝자락에 선으로 이어질 것 같은
이야기 하나로 유혹한다.
돌이 떡이 될 수도 있다고.
열린 가슴은 다시 닫히고 있다.

노을

무슨 말이 소용 있을까?
이런 느낌이 잔잔하게 나를 지나가는 순간을
그저 지켜보고 있다.
왜 인생이 덧없다고 했는지,
왜 삶은 무대 위의 연극이라 했는지,
왜 우리는 하나라고 했는지.
왜 내가 보고 싶은 것만 보고 집착하는지,
왜 자신을 죽이는 자가 자기 자신이라 했는지 등
수많은 말들이 귀 밖에서 맴돌았지만,
들을 귀가 진정 없었나 보다.

그날은 점차 우울해지는 분위기가 내 주위에
나타나고 있었다.
어느 순간 민중 속에 나를 데려다 놓고
내 편에 응원의 고함을 쳐대고 있는 모습에

신이 나고 있었나 보다.
점차 상승곡선을 그려내고 있을 무렵
서로 발전적이었던 상대의 한방을 시작으로
힘찬 내 편에 찬물이 끼얹어졌다.
아직 더 커져야 하는데 어쩌지?
사람들의 눈이 신경 쓰인다.

이런 분위기를 시작으로 점차 기분이 가라앉고
내가 살고 있는 사회가 또 우울하게 보인다.
점차 떨어지고 있을 때 그 광경이 선명하게 보인다.
　　'영원한 아군도 영원한 적군도 없단다.'
　　'그렇게 좋은 선물 같은 날도 오래 머물지 않고
　　그렇게 슬픈 재난 같은 날도 지나간단다.'
　　'그렇게도 고맙고 기뻤던 어제의 찬사도
　　내일은 서로 다른 반대 의견에 환한 공감을 던져 줄 테니까,
　　그러니 심하게 동요해서 부끄러움을 남길까 오히려 조심하라.'
　　'내가 만난 힘겨운 사람이
　　다른 사람에게 천사가 되어 있기도 하다.'
　　'그러니 그 시간과 공간에서 조금 떨어져 조용히 바라보면
　　말로는 표현이 안 되지만 평안에 닿게 된단다.'

쪼이고 갑갑했던 무엇이 느슨해진다.

허상에 에너지를 허비했나 보다.

피식 웃음이 가볍다.

덧없는 게 인생이라고 하는 말을 깊이 있게 느끼니

작은 미끼에 흥미롭게 쫓아가는 이 마음을 잠시 세워

마주할 수도 있게 됐다.

이러한 이해를 이렇게 쉽게 선물처럼 받는다.

한동안 계속 걸어 걸어 저 건너편으로 구경을 간다.

시간만 있으면 날뛰는 이 내 마음 사그라 드는 연습으로

자꾸만 걷는다.

잠시 스치는 이 좋은 느낌으로

본래의 처소에서 머물고자 건너가는 발걸음이 가볍다.

연극처럼 잔물결 급물결을 만나지만

가슴이 살아내는 동안 잠잠할 수 있음을 예고하는

그런 빛을 멀리 두고 아주 조금 설렌다.

빈방

중국 작가 쑤쑤 님의
마음의 방을 마련하라는 제안에 또 신났다.
인생 여행에서 궁극적인 삶의 이유가
'내 마음 연구하기'다 보니 요런 제안에는
방긋 웃음이 바로 나온다.
육신의 방도 소중하지만, 마음의 방은 참으로 필요하니까.

도를 닦는 사람들은 세속이라고 하고,
우리네들은 살아가는 터전이고 육신의 전부이기도 한
이 땅에서 지친 모습 그대로 휩쓸리듯이 살아간다.
그러다가 잠시 육신을 누이고 편안함을 감사하듯
마음의 쉼을 위해 혼자만의 방을 마련하고자 하는 제안에
벌써 설렌다.

사실 오래전부터 복잡한 생각의 한중간에 있을 때

한적한 곳에서 놀고 있는 어린 나를 마음에 그려내고
늘 그곳에 잠시 머물고는 했었다.
잔잔한 호수 주변에서 맘껏 뛰노는 내 모습이
지금의 번뇌를 조금씩 밀어내는 데 효과가 있었다.
그런 중에 작가 쑤쑤 님의 마음의 방 제안은
나를 행복하게 하기에 충분하다.
그곳에 자신을 초대하고 잠깐씩 쉬게 해주리라.

이곳에 들르는 나는 어떤 모습일까?
지치고 복잡한 상황에 있을 때 적합한
쉬어가는 마음을 발견하길 바라면서
방을 꾸민다.
마음의 방은 돈이 들지 않는다.
특별한 공간도 필요 없다.
누구 눈치 볼 것도 없다.
그저 나에게 좋은 마음속 저 깊은 곳의 진실과 가장 어울리게,
그렇게 꾸미면 된다.

그래서 내가 고민 중에 있다.
오래전부터 방문하고 있던 호숫가 동산을 그대로 둘까?
새로 방을 상상해 볼까?
참 행복한 고민이 나를 이끌고 있다.

마음의 쉼터를 마련해 놓자는 그 제안이

나를 이렇게 들뜨게 하는 건

내 마음의 고민거리를 가볍게 해주자는 의미여서 기쁜 것이다.

언제부터 인가 그 마음과의 만남이

육신이 밤을 만나 쉼을 얻는 시간처럼 평안이 있고 좋다.

하루의 일과를 마치고 집에 오면 편한 옷으로 갈아입듯이

마음의 방에 들어갈 때도 환하고 촉감 좋은

그런 옷으로 입혀 주기로 한다.

몸과 마음이 동시에 쉼을 얻는다.

날아갈 듯 가볍게 나를 그 방에서 놀게 해주고 싶다.

쉼터

멀리서 보면 참 얼마나 아름다운 장관인지.
우리네 살고 있는 어느 곳이든 말이다.
그러나 자세히 들여다보니 아무것도 아닌 거로 목숨 걸고
분주하게 그야말로 살아내고 있으니
시간만 허락되면 자꾸 다른 곳을 찾는다.
아름다운 곳이 어디에 있냐고.
누가 또 멀리서 찍어온 다른 동네 사진을
초롱한 눈으로 들여다본다.
정말 가고 싶다.
누가 알아.
내가 살고 있는 이 동네도 누군가 엄청 부러워하는
또 하나의 아름다운 곳인지.

여행을 가도 그렇다.
좀 멀리서 바라본 풍경이 장관이다.

가까이 갈수록 안 봤으면 좋은 그런 내용도 있다.
사실 어느 곳이든
어떤 사람이든
내가 어떤 마음으로 보는가에 따라
좋기도 하고, 힘들기도 하고 그런 거니까.

한나절 번뇌의 한가운데에서 살짝 스치는 마음의 방,
그것이 나를 기다린다고 생각하니
짧은 순간 미소를 느낄 수 있다.
마음들의 부딪힘, 그 전쟁 같은 생활에서
쉼이 필요한 건 얼마나 당연한 일이겠는가?
그 쉼이란
한 발짝 떨어져서 우리네 삶을 볼 수 있는 시간이기도 하고
무엇보다 정직하게 내 모습을 보는 기회가 된다.
정리와 때로는 타협도 필요하다.
나를 자유롭게 해주기 위해서다.
다시 시작하기 위해서 더 나은 생활이 되고자
마음의 쉼터를 기대하게 된다.

기쁨이 있는 곳

이미 있었구나.

본래 있었는데 왜 다른 곳을 염원했을까?

흐려진 마음으로 밖을 보니 온통 흐린 세상만 존재했던 것을.

그토록 심하게 가려져 있었다는 사실을

어둔한 내가 발견하고 있어.

너의 마음에 있다고.

너가 궁금한 세상이 마음으로 보인다고.

어린 왕자가 던져준 메시지에도 안타까움이 배어 있구나.

각자의 마음이 다르니까.

각각의 마음으로 보는 똑같은 메시지에 흥미가 있는 거야.

각자 다르게 해석해도 얼마나 재밌어.

아마 지은 사람도 흐뭇해할걸.

요만치의 마음으로 썼는데 이만큼의 의미로 받아들였다니.

생각지도 못한 수확이지.

어제의 마음이 아닌데 어제와 같을 순 없는 게 당연해.
그래서 멋진 작품은 각자의 눈과 마음으로 읽으라고 하지.

가장 가까이 있는 마음을 볼 줄 모르니 온통 의문투성이잖아.
어떤 갈등도 그 해답이 상대방 때문이고,
이곳보다는 저곳,
아니면 아직 보지 못한 어떤 곳이 존재한다고 믿어야
위로가 조금 되는 이런 현실이어서
그냥 안타까운 느낌이 전해지나 봐.
중요한 건 마음으로 보인다고.
슬프면 온 세상이 슬프게 보이고,
기쁘면 온 세상이 기쁘게 보인다고.
사랑 가득하면 온 세상이 풍성해 보인다고.
온 세상 사람들의 다양성이 아름답잖아.
그러니 그 마음을 가볍게 해주라고.
너무 무거워 자꾸만 다른 곳을 염원하게 되는
불쌍한 마음을 이제는 발견하길 기다린다고.

그때도 지금도 우리는 애타게 찾고 있다.
천국이 어드메쯤 있냐고.
　'그래 얼마나 힘이 드니, 지쳐 있구나.
　내가 말해 줄게.

내가 어떻게 하는가 잘 봐라.

그리고 그 무거운 짐을 내려놓아라.

그러면 천국이 보인다.

너의 가벼워진 마음이,

너의 텅 빈 마음이 이미 천국에 있다는 사실을

발견하면 좋겠구나.'

마음이 가난한 사람들이라는 말이

그런 뜻이었군요.

마음에 온갖 이야기가 꽉 들어차면

신의 영역이 가려지겠지.

하나씩 들어내고 퍼내서 빈 마음이 됐을 때,

그때를 마음이 가난한 때라고 했구나.

그렇게 비었을 때 신의 곳에 이르게 되는 거라고.

아니 이미 그곳을 너가 알고 있다고.

본래 있는 곳이라고.

피해

만약 누군가로부터 공격을 받았다고 한다면

또 다른 공격을 자신에게서 받게 되는 경우가 종종 있다.

이미 처절하게 부서졌는데

그 상처를 치유하고

다시 분노와 후회와 패배감이 솟구쳐

그 화살을 본인에게 겨눈다.

불행하게도 그 결과는 자신이 오로지 받게 되는

고통이라는 걸 못 느낀다.

그 분풀이가 상대를 응징하는 대목이어서

화가 좀 풀린다고 느낄 뿐이다.

그러나 그 순간 누가 더 망가지는지,

누가 그 고통을 되풀이해서 받고 있는지 알아차린다면

그곳이 바로 천국의 반대편이었다고 알게 된다면

힘이 들어도 분풀이를 그만두게 될지도 몰라.

그래 맞아.

그래서 원수를 사랑하라는 말이구나.

네가 아플까 봐.

그 분노가 사라지지 않는다면 삶이 아름답겠냐고.

마음이 모아 놓은 사람들부터 놓아 보내자.

상처받았다고 생각되는 대목을 풀어 보자.

그 부분을 흘려보내지 않으면 버릇처럼 타인을 비판하게 된다.

그토록 궁금했던 살아 있음의 고통이 하나씩 벗겨진다.

삶이 고통인 것을 발견했을 때 모든 것이 궁금해졌다.

달력이 생기기 전부터

달력이 생긴 이후 지금까지.

교 통

나를 찾아보라는 말은 얼마나 어렵던지.
'나는 누구인가?'라고 할 때 얼마나 당황했던지.
나는 그냥 나이지 무얼 찾으라 하는지.
삶이 마냥 행복이라면 그런 제목이 필요했을까?
그러고 보니 알고 싶어진다.

너머에 그 너머에 해방이 있다고.
자유가 그곳에는 있다고.
수고한 마음이 그곳에서 고요히 쉴 수 있다고.
아니 본래 있던 평화가 커다랗게 안락하고
마음은 그 없음으로 흔적이 안 보인다고.

그래도 존재하는 척 잘하는 마음의 어떤 존재에
의문을 갖는다.
에고라고 부르기도 하고, 자아라고도 하는 마음에

말을 걸어 본다.

오래전에 인간 심리를 읽을 때는 저 멀리 다른 사람들의
마음만 읽었다.

이제는 내 마음을 읽는다.

그것은 마음과의 교통이기 때문에 내게는 소중하다.

그것은 해답은 아니라도 흐릿하나마 길이 보이게 한다.

때로는 한없이 냉정하게

때로는 부드럽게

점차 고요 속으로 마음을 이끌 수 있다.

냉정함

호기심이 편할 때가 지금이다.

나와 사회에 숱한 궁금증이 줄지어 올라온다.

먹이사슬에 호기심이 생겨나면

공포와 절망도 거기 있었다.

그러나 더 깊은 자연은 답을 내민다.

그것은 차라리 거친 아름다움으로 스며들기 시작한다.

자연에 아름다운 말로만 표현해 놓으면

거친 핏자국이 심하게 놀랍다.

늘 먹잇감을 염두에 두고서도

늘 사냥을 하면서도

먹기는 했는데 내가 죽이지는 않았다고 말하고 싶어진다.

비판이 일상이 되면

우스운 꼴이 되기 쉽다.

공허하고 심심하고 그런 시절이라고?

아니, 내 공간에, 이렇게 기분 좋은 공간에
질문이 마구 쏟아진다.
엉뚱한 호기심도 괜찮다.
다 허용하고 깊이깊이 들어가 본다.
해답은 영원하지 않고 지금 목마름을 적셔 주는 한 모금의
생수가 될까?
가다가다 어디메쯤에서
이해의 폭이 끝없이 커다란 그 하나가 되려나.
작은 나는 어디론가 사라지고
커다란 우리가 본래 있다고.
쌓아놓은 경험이 호기심 되어 가슴을 두드리는데
미미한 질문조차도 껴안아주는
본래의 평화가 이미 있다고.
만들어진 질서 그 속에서만의 사랑이 아닌
장막 없는 사랑이 이미 있다고.
그 대답이 오늘의 물 한 모금이 된다.
언제나 온화한 친절을 희망했을지라도
가끔 냉정한 정직 앞에 새 힘이 솟는다.

무 대

빈 둥지 시절에 정신의 저축이 필요하다.
조금씩 덜어내서 가볍게 하는 연습이 필요하다.
열정이 있는 곳에서 아낌없이 살아보는
그런 경험도 소중하고,
또 이제는 나를 끌고 고요한 평온을 거닐어도 좋지 싶다.
못 견디는 외로움이 아니라
풍요로운 넉넉함으로 나를 환영하자.

삶의 속도에 휩쓸려간 순리에 대한 궁금함을
이제는 펼쳐봐도 좋으리.
제자리에서 제각각 맡은 일에 열심인 우주 만물에
호기심과 애정 어린 눈길이 절로 간다.
아무리 붙잡아도 그저 흘러가야만 하는 구름처럼
모두 다 제 역할을 충실히 이행한다.
이제는 보내는 것들에 익숙해지려 한다.

다가오면 그저 가려고 왔나 보다, 그렇게 한다.

어쩌면 아주 쉬운지도 몰라.
삶이라고 하는 연극무대 말이야.
곳곳에 숨겨둔
아무도 건드리지 않은 순수의 진리.
아니, 아무리 건드려도 순수 그 자체인 진리.
그곳에 닿아
이 연극무대를 힐끗 보게 될지.
그 무대는
숨겨진 보물을 찾아내기 위한 나그네 길이라고.
숱하게 만나는 사연들이 나를 주인공으로 올려놨어.
너머너머에 닿아서 알아지겠지.
스스로가 알아지겠지.

자신에게 정직할수록 단순하고 명료하고
그리고 말은 거칠다.
자신과의 정직에서 멀어질수록
말은 보드랍고 아름답고 달콤하다.
얼마나 많은 거짓으로 순간을 모면할 궁리를 했던가?
얼마나 아름다운 말로 나를 괜찮은 인간으로 놓아두려
애썼던가?

거짓된 말들이 나를 피곤으로 몰고 간다.

결국에는 자신과의 대결이었다고.
이미 알고 있던 현자들이 말했던
그 내용들이 솜사탕 녹듯 달콤하다.
이런 뜻이었구나.
때로는 옆에서 함께 걸어 주고 목축여 주고
그렇게 쉼 없이 걸었던 내용이
병풍처럼 펼쳐지고
내 서 있던 무대는 막을 내리겠지.
언제든지 변함없이 있었던 하나의 무대는 그대로이고.
연극보다 무대에 눈길이 스친다.
항상 있었구나.
우리는 무대 위에서 온갖 이야기를 일구어냈구나.
그럼 이제 좀 쉬어볼까.
한순간도 벗어난 적 없던 무대에 평안이 있다.

가벼운 여행길

어쩌면 일상이 되어버린 대중들의 관습이
더 좋은 삶을 막아서고 있을지도 몰라.
늘 있었는데 못 본 내용들이 알고 싶어진 거야.
마음을 다스리라고도 했고,
한 가지에 집착하지 말라고도 하지.
놓치고 있는 보물들이 바로 옆에 있었다고.
눈앞에 펼쳐진 드넓은 웅장함을 놓고도
금세 마음은 생각을 덧씌워 빛을 잃은 광경이 되곤 하지.

이런 습관을 호기심의 눈으로 관찰한다.
그 호기심의 눈은 내면을 향해 있다.
잠시 초점을 맞추고 이내 보낸다.
저 구름처럼 지나가는 뒷모습을 알기에.
더 많은 이야기를 모두 경험한다.
그래도 넉넉하다.
어렴풋이 메아리가 울린다.

길어질 수도 있고 조금 짧아질 수도 있는 경험 놀이가
결국에는 커다란 사랑에 녹아든다고.
그 수고의 길이는 본인의 선택에 달려 있다고.
늙음의 길목에 이 얼마나 좋은 선물인가.

무엇보다 궁금하고 알고 싶은 이야기를
자유롭게 넘나들며 구경을 해도 평화로운 이 시대를 즐긴다.
아직 오지 않았을 때 잠시 생각했던 빈 둥지
그 시절은 두려움이었다.
이제는 오래된 친구가 된 내 빈 둥지는 소소하고 한가로운
아름다움이 되었다.
비어서 여유롭고 비어서 새로움을 받는다.
예전에 두려웠던 삶의 한두 군데가
또 다른 이야기의 시작이 되는구나 한다.
새로운 날에 들려오는 이웃들의 소식에
재빨리 반응하기보다 한 템포 느리게 고개를 든다.
내가 만났던 사연보다 조금 다르다고
격하고 빠르게 비판하지 않는다.
자신 가다듬는 내용을 매 순간 가져와야
우리가 되는 이치를 조금 알기 때문이다.
늘 내가 특별했는데 말이다.

사실 무얼 그리 대단한 걸 발견하고 그런 게 아니고

본래 묵묵히 살아온 선조들로부터

내 요란한 마음 지저귐 소리들을 달래려고

그 방법을 배우기 위함이라.

그것도 그냥 '이러이러 하니라'고 가르쳐 주면

내 마음이 끄떡도 하지 않는다.

하나하나 조목조목 이해를 하도록 펼쳐 놓으려니

그 배움이 재미가 좀 있어야 좋겠다 싶어 기웃거리게 된다.

그러다 보니 평소에 집착했던 곳으로부터도 좀 떨어지게 되고

그 열정으로 무지한 자신을 들여다보게 된 거다.

이렇게 할 수 있는 이 나이가 좋다.

또 이렇게 해도 가만히 놓아두는 세월이 고맙고,

또 이 시대가 나에게 행운이다.

살다가 살다가 잠시 허전할 때가 되면

나비가 찾아온 이유

벌이 찾아온 이유

그들과 연결된 이런 경이로움으로

살아가는 나의 이유도 힐끗 스친다.

그 모든 것이 희열에 감싸인다.

다시 삶의 이야기 속에서 넉넉하게 제 역할을 해낸다.

수수께끼 같은 삶의 소리가 고요한 가운데 메아리 되어

나타나 환하게 길을 비춘다.

그 습관에 대하여

자신 알아보기를 시도하면서
더 심하다 싶을 만큼 솟구치던 감정 섞인 생각들이
길게 존재를 과시하더니
이제는 서서히 힘을 잃어간다.
중단없이 지켜온 자신 알아차리기가
습관이 되어가는 느낌이다.
진실이 아닌 것도 진실인 것도
붙잡고 늘어지면 오해의 살이 붙는다.
그런 이야기꾼인데 계속 지켜보니 부끄러운 듯
그렇게 힘을 잃어 간다.
아마 쑥스러운가 보다.
좋은 것이든 나쁜 것이든
사실만 보고 듣고 행동하고
그만 내보내는 그런 습관이 반갑다.
이제 많은 시간은 안 보이던 자연과

묵묵히 그 자리에서 역할을 다 하는
사물들의 고마움에
눈길이 절로 간다.

우리는 늘 자신의 일상이 지겹다.
우리는 늘 자신의 일상이 그립다.
지겨워서 내 일상을 열었다가
그리워서 다시 문을 닫는다.
누구든 내 일상을 침범하면
미움을 받게 된다
일상에 중독이 된 건 당연할지도 몰라.
습관은 일상이 되고
일상은 자의건 타의건 파괴되면 변화를 이루어 낸다.

자연인으로 돌아가서 한없이 평온한 시절을 만났다는 사람들.
그들의 사연이 자의든 타의든 일상을 빼앗긴 경험을 하게 된다.
혼란과 두려움이 범벅이 되어 일상을 유지하기 힘들 때,
비움과 새로움에 눈이 떠진다.
여전히 두렵겠지만, 숨소리가 맑다.
그리고 다시 태어난 평온이 일상이 된다.
이제 일상이 바뀌었다.
정신이 다시 깨어난 거다.

중요한 대목이 자연스레 우선순위에서 밀려난다.

습관이 된 벽이 허물어지고,
내 일상의 파괴를 인정하고 변화를 선택한다.
그것은 삶의 경험을 토대로 한 비움의 진화이다.
어린아이의 순수가 아닌
늙은 아이의 순수라고나 할까.
날마다 허물고 또 허물어 내는데 쉼 없이 정진하고서
자유를 맞이해야 하니까.

왜 어린아이와 같은 자가 천국을 볼 수 있다고 했을까?
지금 살짝 스치고 간다.
어른인 지금
궁금한 지금
그것을 스친다.
다시 마주해야 하는 인간관계에서
단단한 벽돌이 되어 쌓여있는 벽을 마주하고서.
숨을 좀 쉬어야 하니까 그 벽돌들을 부수고자 한다.
　'하나씩 들어내 줘. 가슴을 짓누르는 벽돌들을 치워 줘.'
조금 가벼워진다.
작은 미소가 번지기 시작한다.
어린아이가 보인다.

울고 웃고 그랬잖아.

왜 미리부터 잔뜩 걱정하냐고.

그 걱정과 두려움이 지금을 방해하는 거 보이는데.

그러니 열심히 쌓인 벽돌을 치우자.

다시 어린아이가 되어 어떤 이야기든지 마주하자.

내일 비바람이 몰아치더라도 오늘 해맑게 웃고 행복하자.

그렇게 벽돌 치우기 작업에 돌입했다.

시간이 좀 걸리겠지.

간간이 울컥거리겠지.

그래도 중단없이 벽돌 치우기를 한다.

누군가 조금이라도 길게 뇌리에 머물면

얼른 찾아 본다. 그와 관련된 벽돌을.

묻힌 사연이 드러나지 않아도 치우는 데 익숙하다.

다만 벽을 허물기 위해 벽돌을 하나씩 내려놓는다.

쌓아 올린 자가 내려놓아야 한다.

좋은 건 벽돌 하나씩 내려놓는 명상을 시도하면서

'아, 이런 게 어린아이 같은 모습이구나.' 한다.

붓다는 "내가 명상에서 얻은 것은 아무것도 없다.

대신 잃은 것은 있다. 나는 분노와 걱정, 우울, 불안,

나이가 들어가는 것과 죽음에 대한 두려움을 명상을 통해

잃었다."라고 전한다.

사람에 대한 걱정이 사라지고
미래에 대한 두려움이 사라지고
순간이지만 행복을 유지할 수 있겠구나.
바람처럼 스치고 지나가곤 하지만
절실하므로 행복 편에 서기로 한다.
이런 상태가 바로 아이가 되는 거구나.

훗날
잘 길들여진 에고가
내 절친인 자아가
이 몸 죽음이 임박하면 고요히 사라져 주겠지.
기나긴 삶의 여정에서 내 추한 모습 하나하나 다 알고 있는
이 친구가 무대에서 사라지는 그때,
텅 빈 마음이 돼서 기쁨이 가득한 하나가 되고
드디어 영원한 낙원에 이르겠지.
그리 믿으니 미소가 절로 난다.

민들레

강산이 두 번이나 변하고 난 후, 내 자리로 돌아왔다.
기나긴 여행이었고, 늘 새로움의 긴장이었다.
어쩌면 이렇게 이 봄을 맞았을까?
생각지도 않은 일들이 지난 몇 달 동안 일어났다.
그저 바람에 몸을 실은 듯 그렇게 흘러갔다.

민들레를 마주하고 앉아 있다.
어느 곳이든 생을 허락받았으면 살아 내고야 마는 듯
시멘트 벽돌 사이에도
돌부리 사이에도
새싹 돋는 잔디숲 그 사이에도
노오랗게 활짝 핀 민들레.
찡그린 사람, 웃는 사람
그 누구에게나 밝게 인사하는 민들레.
어느 곳이나 싹을 틔우고 살아내는 강인한 모습.

행복을 주고

늘 감사하게 하고

너를 보는 것으로도 오늘 하루 이미 기쁘단다.

소박한 아름다움이 너에게서 나온다.

굳이 좋은 사람이 되려고 하지 않고

이 모습 이대로 너를 닮고 싶단다.

보는 기쁨 만큼이나 행복한 오늘

너와의 첫 만남이 이렇게 오랜만이라 느껴진다.

'반갑다, 민들레.

오늘은 너가 딱 내 모습이네.

장하다, 이 틈바구니에서 살아 있다니, 정말 장해.

정말 예쁘다.

노란 꽃이길 잘했네.

널 보는 것으로도 많이 고마워.

열악한 땅에서도 노란 꽃이 되었네.

날 반겨줘서 고맙다고.'

나의 병상 지침서

확률로 보면 죽기 전 얼마간의 병상 기간이 인간에게 있어진다.
가끔씩 내 몸뚱아리를 쓰담쓰담한다.
고쳐 쓰고, 달래 쓰고, 지탱해 주니 고맙기 그지없다.
오래돼 뒤처지는 부분에는 쓰다듬으며 불편하게 지내기를
희망해 본다.
그래도 병상에서 지낼 때
잠간의 순간으로도 기뻐하기를 욕심 내본다.
　　'존엄하게 죽을 권리.'
요런 좋은 글들이 웃음을 준다.
여기에 덧붙여 기대 수명에 관한 결정에 진지하고 싶은 거다.

미국에 있는 의사가 쓴 책에서 읽었던 기억이 하나 있다.
노령에 수술을 권할 때
마음을 맑게 하는 애정 있는 설명이 필요하다고.
큰 수술을 견뎌내고 1년이나 그 미만 더 살 수 있다면 그 수술의 고통을 참아 낼 용기가 생기겠는가?
본인의 선택이 참으로 중요하기 때문이다.
그런 내용을 설명해 줄 수 있는 의사라면
인생길 마지막 여정에 만난 또 한 명의 친구가 되려나.
사실 그 고통은 여러 번 죽음을 경험하는 내용이기 때문이다.
누가 대신 경험하는 것이 아니고
본인의 몫이라는 말이다.
삶이라는 여행길에서 선택이 필요할 때
그 의사가 쓴 인간 존중의 고민은 고맙게 다가왔다.

이제는 육신의 치료보다 마음의 치료가 중요하게 되고 있다.
시대가 빠르게 변했고, 사람들도 변했다.
두려움이 가득한 고령의 사람들은
두려움을 먼저 제거해 주기를 기대한다.
노화의 변화를 잘 받아들일 수 있는 여유,
죽음이 남의 이야기가 아닌 바로 내 것임을 받아들이는 것.
그런 노령의 평온을 위해 개인의 노력 또한 요구된다.

나는 기대한다.
얼마나 오래 살았는가를 경쟁하는 사회가 아닌
자연과 사람의 조화가 환자를 설득하는 기초가 되기를.
그러면 노화의 과정이 좀 따뜻하리라.

누구에게 의지하는 것이 최선이 아니고
의지처가 없는 것이 그토록 커다란 슬픔이 아니라고.
누구보다 본인이 노화를 읽어야 편안하다.

지금까지 살았던 것처럼
마지막까지의 여정도 나름의 길이 있다고 믿는다.
그런 개인의 길을 존중하는 사회가 되길.
타인의 삶에 나를 맞추기보다
내 삶의 소중함을 긴 세월 살아 오면서 배워온 까닭이다.
이제는 한해를 넘길 때마다 더 좋은 기분이다.
그것은 삶의 이치를 조금씩 알아가는 과정이
더 나아지기 때문이다.
살아 있는 것이 최고의 행운이 아니라
두려움을 최소화하면서 삶을 마무리할 수 있는
그런 멋진 용기가 이 시절에 새록새록 피어나길
온 마음으로 기대해 본다.

막바지 여행

뭔지 모르게 무거웠다.

내가 사용하는 물건들

즐겨 입는 옷들

잦은 손길이 필요한 눈요기들.

자신에게 귀를 기울여 본다.

쉬고 싶은 건 마음이지 육신을 말하는 게 아니잖아.

육신은 움직이고,

마음은 쉬게 해주고자 시도해 본다.

이거 괜찮네.

좀 더 긴 시간을 두고 마음에게 물어본다.

아무래도 비워내는 쪽이 좋은 것 같다.

불편해도 천천히 해도 괜찮아.

내 공간에 묵직하고 덩치 큰 물건들이 어느 날 버거울 수도 있고,

쉽고 간단했던 기기들 대신 내 몸을 도구 삼아 보자.

팔과 다리가 훌륭한 역할을 해낼 거야.

그래, 빈 공간이 늘 기분 좋았잖아.
필요한 물건들은 보이게 나열해 놓아야지.
내 집의 최고의 손님은 나 자신이 될 거니까.
내 마음이 편안한 그런 공간을 만들자.
물건 하나하나에 애착보다는 그 용도에 흡족하고
보기 좋게 진열해 놓은 것보다
찾기 쉽고, 사용하고 싶을 때 제 역할을 해내는
그런 물건들이 내 친구가 된다.

"간소하게 더 간소하게."라고 하셨던 님들이 반갑고,
마지막을 미리 준비하면
오늘이 이렇게 소중한 날인 것을
알려준 님들이 반갑다.
몸에서 전달해 주는 소리에 귀 기울이라는 그 말이 반갑다.
눈은 흐릿하고 팔다리는 움직여야 좋으니
그저 이 몸이 시키는 대로 할 뿐이다.

한 해가 지나면 또 다른 비움으로 새날을 맞이한다.
제 역할을 다하고 떠난 그 자리에
다시 채우지 않는 것으로도
공간이 생겨 좋다.
보이는 빈 공간에 마음까지 덩달아 널널해진다.

새로이 보이는 그들
그들에게 다가가 본다.

늘 들리던 사람들의 목소리가 멀리서 흐릿하다.
이건 이래서 안 되고, 저건 저래서 웃기고.
나와 상관없는 타인의 목소리가 언제부터 나를 흔들고 있었을까?
마음이 불러들인 불청객이었다.
조용하니 웃음이 난다.
그 목소리는 두려움을 낳고 화를 낳고,
그것들은 나에게 지금을 못살게 하고 있었다.
보이는 공간이 넓어지고,
보이지 않는 마음의 공간도 넓어지고.
하루를 위해 새로운 아침을 맞이한다.

엄마의 일상이 보인다.
내가 따라 한다.
해마다 바뀌는 엄마의 거처는 넓어지고 있었다.
엄마가 사용했던 물건들과 옷가지들이 사라지고,
단출하게 더 단출하게 매년 줄여서
뒤처리하는 자식에게
일감을 주고 싶지 않다던 엄마.
서랍 속은 야속하게 비워지고

추억이라 여겼던 앨범들까지 엄마 손에 처리당했다.
그렇게 하나하나 끊어 냈다.

어느 순간 내가 따라 한다.
몸이라도 아프면 늘 마지막을 생각한다.
그러다 기운 차려지면 또 정리한다.
비워낸 자리만큼 가볍다.
어느 날 갑자기 내 생의 마감날이 됐다고 해도
바쁜 걸음 남겨진 숙제, 그런 거 없고
준비된 상태로 맞이하리라.
그 노력을 늘 하는 거다.
그러다 보면 오늘 하루가 더없이 반갑다.
불만보다 친절이 편하고
계절 따라 변하는 초목들도 나를 반겨 준다.

이제야 엄마를 읽을 수 있다.
누군들 자신의 마지막을 알겠는가?
장만하고 싶은 물건이 있으면 다시 생각해 본다.
그것 없이도 살 수 있는지.
내가 좀 불편하면 되는지.
이제는 내가 좀 불편한 쪽을 택한다.
움직일 수 있을 때까지 움직여 줘야 더디 녹슬지.

내가 택한 여행길이 웃음이 나도록 좋다.
애착 가는 물건이 줄어들고,
해야 하는 볼일이 줄어들면
막바지 여행이 더없이 가볍다.
이만치 가지고 있어서 행복하다고?
우주의 경영자 말한다.
　"그만치 가지고 있는 너를 내가 가지고 있단다."

벽을 허물라는 말이 가슴을 노크한다.
사람에 대해 벽을 허물라.
그러면 지금의 삶을 살 수 있다.
사물 또는 물건에 대해 벽을 허물라.
그러면 그들이 놓여 있음이 신기하게 보인다.
가지고 싶은 대상에 대해 벽을 허물라.
그러면 멀리서도 그 존재가 빛을 발한다.
가고 싶은 특별한 곳에 대해 벽을 허물라.
그러면 지금 서 있는 곳이 이미 특별하다.
시간에 대해 벽을 허물라.
그러면 매 순간이 매력 덩어리이다.
공간에 대해 벽을 허물라.
그러면 숨 쉬는 매 순간이 아름다운 공간이 된다.
죽음에 대해 벽을 허물라.

그러면 어린아이가 된다.
무게감이 느껴졌던 어린 왕자의 여행이
점차 가벼워진다.